《大人の本棚》

小野二郎

ウィリアム・モリス通信

川端康雄編

みすず書房

ウィリアム・モリス通信 ■ 目次

I

II

III

IV

I

自然への冠　ウィリアム・モリスにとっての「装飾芸術」

1　コッツウォールドの石

バーフォードという町に行ったのは、ケルムスコット・マナ・ハウスへの足がかりという意味が第一であった。そこに行くのにもっと近いホテルのある町もあるのだが、ウィリアム・モリスの青年時代愛した古い小さい教会建築のあるブラック・バートン、バンプトン、ラングフォード、リトル・ファリンドンなどの町や村を訪れるのに地の利がよいからであった。しかし、実は『ブルー・ガイド』にコッツウォールドの主たる羊毛集散地の一つで、「チャーミング・リトル・タウン」とあり、テイントンとかバリントンとかいう最良の石切場が近いという記述が見られたことが、この町に惹きつけられた一番大きい理由であった。

コッツウォールド山地 Cotswold Hills は、イングランド西部、グロスタシャからオックスフォードシャにかけて約六〇マイル西南から東北に走る、平均六〇〇フィートほどの山地というか丘陵で、西側は急だが、東側は緩やかなスロープで立木がなく、牧羊に適し、コッツウォールドと名づけられる毛の深い有名な品種が飼われている。だが、私にとってコッツウォールドの名は羊とより、石とに結びついていた。モリスが「建築の未来」と題する講演（一八八一年）でその名にふれているところが記憶にあったからである。モリスはそこでこんなことをいっていた(1)。

芸術の本当の意味は、自然に対する人間の尊敬の表現である。つまり自然への冠であり、この大地で人間が生きているということそのものである。日毎に醜い建物でこの地表を汚している現在、この芸術の原義を再確認しなければならない。地表に人間が棲む以上、自然を変形し加工する。その変形、加工そのものの拒否が自然への尊崇ではない。変形、加工が自然への冠にならねばならないのだ。モリスがここでいっているのは、むろん人工と自然との調和などではないだろう。新しい自然への冠と古い自然への冠との豊かな出会いということだろう。ともあれ、そういう出会いがイギリスのところどころにまだあるといって、コッツウォールドの名があがっていたのであった。特に美しい村としてブロードウェイについて語られる。灰色の家並が十四世紀の美しい家で終る村の本道、コッツウォールド・ライムストーンでつくられたコテッジ。

バーフォードはオックスフォードから西へ約一五、六マイル、その大学街の中心をバスで発ったのは夕方だったが、秋も深まっていた時節で着いた頃は真暗、町は黒く静かに沈んで、小さい窓から淡くこぼれる光をたよりに二、三宿をあたり、三軒目でやっと落着いた。断わられた宿の窓の一つからのぞかれた煖炉のある部屋の壁紙が、わがモリス・デザインの豊潤なダーク・ブルーが溢れんばかりの「葡萄樹」であったのが何かしらホッとさせてくれる感じであったのを思い出す。

翌朝は晴だった。光の中に姿を見せた町の景観は正直息を呑むようだったといって誇張でない。あれは東西にメイン・ストリートが走っているのだったか。ゆったりとした道はばの、しかしかなり急な坂になって東に降りて行く道の両側に、形はさまざまながら、みな「あたたかい灰色」(モリス)につつまれた家々が連なり、やわらかく朝日をそのグレイの肌に吸い込んでいる。坂を降り切ったところに小川が流れ、同じ色の橋がかかり、柳があり、あとは広い、ゆるやかな起伏のある草地《ウォールド》に続く。イギリスの田舎町は、どこでもいわば終り方が美しいが、ここのは特にそうだ。家々に切妻壁が多用されているが、一定した形があるわけではない。警察ばかりでない、モダンなガソリン・スタンドも同じ石でつくられ、同じ雰囲気に融け込んでいる。この灰色は人の肌にも地面の肌にもやさしいが、どこかかろやかにすっきりと立っている。何とも気持がいい。このコッツウォールド・ライムストーンとはどんな石なのだろうか。

燃料工学の崎川範行氏の楽しい本『ヨーロッパやきものの旅』(2)に次のような興味深い観察、感想がある。少し長いがどうしても引用したくなる。

ドーバー海峡の真白な崖はチョークである。そしてそのチョークは石灰岩であると思うが、私はその白さに何となくそれがイギリスの、ボーンチャイナと結びつきがありそうな気がした。もちろんそれは関係がないはずである。しかし、むかしイギリスの陶工は、このチョークで白いやきものが作れないかと、いろいろ試みたのではないだろうか。

むかし私はイギリス本土の各地を旅して歩いたことがあった。そのとき私はこの大ブリテン島という島は不思議な島であるような気がした。不思議というのは地質学的になのである。地質学の本を読むと、古生代のカンブリア紀とかデボン紀とかいう時代の名が出てくる。そのデボンとかカンブリアという名はこの国の地名なのである。つまり大ブリテン島の石と地名が地史学の標本となったわけだろう。だからこの島は地史学の標本そのものと考えてよさそうに思えた。

だからこの国の石を見て歩くとおもしろい。カンバーランド州から北へ行くと、赤い石造りの家が目につく。赤レンガかと近寄ってみると天然の石である。これが有名な古生代の赤色砂岩かと感心する。感心するのはそれがあまりにも赤レンガに似ているからだ。その赤レンガはどうやらイギリスの発明らしい。ヒースとよばれる草地の下の土をとって焼くと、赤色砂岩によく似たやきものができる。つまりレッド・サンドストーンのイミテーションとして赤レンガを発明したのだと思う。

だが、チョークの方は直接やきものにはならない。もちろん粘土に混ぜるという場合はあるだろうが、それで日本や中国のような白い磁器を焼くことはできないのである。それは炭酸カルシウムであるからだ。ところで、イギリスではこの石灰石をチョークと呼んでいるが、本当のチョークは石膏の方である。実はその石膏がイギリスにたくさんあって、この島の地下はその方のチョークだらけでもあるようだ。……この国では両方のチョークと粘土でセメントを作ることを発明している。赤レンガとセメント。イギリスでは陶磁器ではヨーロッパのほかの国より遅れて発達したが、窯業、とくに建築材料の方では、先進国であるに違いない。

焼き物の話と結びつけられた地質の話題だが、われわれの関心にも関係するところが多い。ライムストーンすなわち石灰岩であって、右にいわれるチョーク、石膏でないチョークは当然ライムストーンにふくまれる。石の文化、木の文化などという時、その石といえばわれわれはふつう何を思い浮かべるであろうか。大理石であろうか。しかし地中海地方でも建材としての大理石が、どの位のパーセントを占めるかはわからぬ。ともかく、イングランドでは、石造建築（表面石仕上げもふくめて）の九割はこのライムストーンかサンドストーンであるという。(3) しかし、両者はかなり広い地質年代に分布されているが、後者はより古い年代に属することが多い。だが、両者を肉眼で区別できないものもあり、両者がほぼ等分に混じる岩石もあったりして正確な分類はなかなか難しいようだ。

ともあれライムストーンの主要素はむろん炭酸カルシウムであるが、生成の時期その他で構成と性質が違ってくる。新しいものから古いものへの順序でいうとこうなる。白亜紀（前一億四千万年—七千八百万年）のはいわゆるチョーク、もっとも純粋なライムストーンでやわらかい。ジュラ紀（前一億九千五百万年—一億四千万年）、魚卵状《オウリティック》ライムストーンといって文字通り鰊《にしん》の子つまり数の子に似た球体で構成されている。それは砂粒や貝またはサンゴなどの破片のまわりに炭酸カルシウムがリング状に堆積してできた小さな球体が、透明の方解石《カルサイト》（やはり炭酸カルシウム）で固着されたものである。[4] 以上はいわゆる中世代に属するもので、さらにペルム紀（前二億八千万年—二億二千五百万年）のマグネシウム・ライムストーン、石炭紀（前三億四千五百万年—二億八千万年）の石炭紀ライムストーン、限られてはいるが、デヴォン紀（前三億九千五百万年—三億四千五百万年）のデヴォン紀ライムストーンもある。

そこでイングランドの地質図を眺めてみよう。するとジュラ紀に属する岩石帯（オウライト及びリアス）は、南西はイギリス海峡（ライム湾）に面するドーセットシャから北海に面するヨークシャまで長い巨大な長S字状に伸び、イングランドを完全に二分しているのである。それより北西は次第に古く、南東は新しくなる。だからその南東はジュラ紀の帯に接して白亜紀チョーク帯が拡がる。このチョーク帯は北フランス、ドイツ、さらにその向うから伸びて来ているものだが、イングランド東南部の重要な風景の特質を生み出している。ドーヴァーまで連なるノース丘陵《ダウンズ》（ケント州）、サウス丘陵（サセックス州）、ハンプシャ、バークシャ、ウィルトシャ、そしてドーセットの丘陵地帯、遠くはリンカーンシャ、ヨークシャの草原《ウォールズ》がそうだ。バークシャには有名な白馬の丘《ホワイトホース・ヒル》がある。山腹の芝土を切って除き、白い地肌で大きな馬（三七四フィート）が描かれているものだ。白い地肌とはつまりチョークのことである。

　蛇足ながらついでをもっていうと、カンブリアとは北ウェイルズの古名で、カンブリア山脈にその名を留めているが、このウェイルズを南北に弓なりに走る山脈は、リヴァプール湾を一跨ぎ、イングランド北辺に近い湖水地方で知られるカンバーランド州に上陸する。このカンバーランドの地名もまたカンブリアに由来する。このカンブリア山脈が古生代岩石研究の発祥地というわけだ。デヴォンシャはイングランド最南西コーンウォルとサマセット、ドーセットの二州との間にある。その名に由来するデヴォン紀の岩石（オールド・レッド・サンドストーン）地帯がある。オールド・レッド・サンドストーンはスコットランド、アイルランド、ウェイルズの建築材料で大きな位置を占めている。これに対して三畳紀、ペルム紀のものはニュー・レッド・サンドストーンといわれることがあり、イングランド中部《ミッドランド》の西部地方の主要建築石材とされている。砂岩《サンドストーン》は風化によって分解し、ついで水や風によって風化され破片となった火成岩が堆積し、膠着物質《セメント》によって凝固形成されたものである。ライムストーンよりはやや複雑な組成をもち、セメントの種類はシリカ（二酸化珪素）、方解石（炭酸カルシウム）、白雲石《ドロマイト》（炭酸カルシウム＝マグネシウム）、酸化鉄、あるいはもっと複合的な化学成分をもつ粘土ということもある。ともあれ、イングランドでデヴォンからカンバーランドに引いた線より以西、ということはウェイルズ、スコットランド、アイルランドも当然入るが、石造建築の主材は赤色砂岩《レッド・サンドストーン》であり、崎川氏の観察の通りといえよう。逆にその以東は主力はライムストーンということが、ごくごくおおまかに言えるだろう。

ところで肝心のコッツウォールド・ライムストーンは。これはジュラ紀の、それも魚卵状石灰岩地帯《オウライト・ライムストーン・ベルト》の真中にある。オウライト・ライムストーンの産地としては、コッツウォールド以外にバース、スタンフォード地域（ケットン・ストーン）、ダービーシャなどがあるが、良質で有名なのは、ドーセットのポートランド・ストーンやパーベック・ストーン、ウィルトシャ南部のチルマークなどである。

コッツウォールド・ストーンの最良のものは、グレイト・オウライトという中層の石であり、クリームがかった淡い黄金色で、光をよく反射する。時が経つとシルヴァー・グレイに変化する。ポートランド・ストーンほどの耐久力には欠けるが、地方の清澄な空気の中ではかなり風化に耐える。しかし都会の煤煙の中では表面部分での永久使用には適さぬ。そのこともあって地元以外で建材として利用されることが割と少ないようである。十七、八世紀イギリスの古典主義的大建築家クリストファ・レンが、セント・ポール大寺院やシティ・チャーチの多くにポートランド・ストーンを大量に使用しているように、いわば有名銘柄の石は、また有名建築物に利用されているわけだが、コッツウォールドの石もまたセント・ポールに使われているとしても、その豊富な産出はほとんどあげて、土地の建物に利用されているのである。この石は堂々たる教会建築や裕福な羊毛商人の館にだけではない。もっとつましい小住宅にもあまねく使われている。それだけではない。農場建物《ファーム・ビルディング》、畑の垣《フィールド・ウォル》、牧場の垣《スタイル》、さらには乾草積み台石《スタッドル・ストーン》にも使われた。またコッツウォールド建築の美しさの秘密の一つは、壁のみならず屋根にもその石が用いられていることだ。

ケルムスコット・マナ・ハウス外観（撮影・川端康雄）

そしてもっとも目覚ましいことは、土地の風景と建物との調和の達成ということである。それは石そのものというより、石の性質から直接由来する使い方によってであろう。

目差すところのケルムスコット・マナ・ハウスも、むろんこのコッツウォールド・アーキテクチュアである。一八七一年、モリスがかねて探していた別荘用の家として偶然に見出されたこの家は、オックスフォードシャのテムズ上流に近いケルムスコット村のはずれにある古い農家《ファーム・ハウス》であった。最初D・G・ロセッティと共同借用していたが、一八七四年彼が去ってからは単独使用して、その死（一八九六年）に至るまでの二十二年間、彼自身の利用時間は少ないながらほとんど溺愛したといっていいだろう。マナ・ハウスの名が冠せられているが、これは慣習的に一種敬称的ニュアンスをもってそう呼ばれているだけであって、荘園《マナ》の権利を一切持たず、実際いわゆる荘園《マナ》領主の邸宅《・ハウス》、しばしば御殿《ザ・ホール》などと呼ばれるようなものとはまったく種類を異にする。コッツウォールド・ストーン造りの三階建てであるが、建坪は八十坪強というところである。それは二つの立派な納屋、鳩小屋、厠《かわや》などイギリス・ヨーマン農民のすべての必要な付属品を備えている。

私はバーフォード経由で一度と、翌年初夏、今度は南のファリンドン経由で計二度訪れた。ケルムスコットの村では家々は散在しているが、納屋その他の農事用設備もみな同じ石でつくられている。バーフォードのように家並が続く時ややもすると小綺麗に過ぎる、取澄ましているという感じがしないでもない。今日観光地化しているブロードウェイやカッスル・クームといった村々が夏雑沓する訪客にそういう表情を見せることはあるいは当然かも知れぬ。しかしここケルムスコットはまったくの農村で、そういう大小の石の散在するたたずまいには、石における造作と年輪のバランスと土地風景における人為と自然のバランスとがよく一致しているように見えるのである。昼食は二度の訪問とも、テムズ河畔の隣村ラドコットのパブでとった。十二世紀のものといわれ、残存する中世の橋のうちもっとも美しいという橋のたもとにそれはあった。テムズもこの辺になると幅十数メートル位か。ここからセント・ポール用にバーフォードの石が積み出されたというその橋も、むろんコッツウォールド・ストーンであるが、ゆるやかなテムズの流れにゆるやかに影を落とすアーチの曲線は、その石の肌理《テクスチュア》から自然に導き出されたもののように思えた。

ケルムスコット・マナ・ハウスは今は「古物保存協会」の所管の下におかれ、四月から九月までの毎月第一金曜日のみに公開されるようになり、第一回目に訪れた時は家の内部に入れなかったが、その事で無駄足を踏んだという思いはまったくなかった。建物の外貌とケルムスコットの村だけで充分満足するものがあったからである。

モリスは死の二年前、「テムズ上流河畔にある古屋《ふるや》をめぐるむだ話」という美しい文章を書いた。(5) そこで舌の取除かれたE型（つまり匚型）はエリザベス朝の建築家が小家屋にしばしば用いた型だといっており、後の増築部分についても明記しているがこれは年代の推定はない。モリスの親友の建築家であるフィリップ・ウェッブはその製作年代について、一見そう見えるよりは後になって作られたものだろうとしている。理由として石工《ストーン・メイスン》の作業が建築物の大部分を占め、かつ同じ組成の石を産出する多くの石切場があるような地方では、支配的建築様式の伝統が他よりもずうっと長く続くということをあげ、石工の手法から正確な製作年代を決定しにくいといっている。しかし、今日ではやはり主要部分は一五七〇年頃、後の付加部分が一六七〇年頃とされている。(6) その伝統の持続性は一世紀隔てた付加部分も、建築方法様式の上で同一であることの理由とされているわけだ。もっともウェッブが指摘しているように、増築部分の屋根部屋の窓の上に古典主義的な小さな切妻飾り《ペディメント》をもつところなどに、ルネサンスの影響がかくも遠隔の地に及んでいる不思議を示してはいるが。

そしてモリスはきわめて興味深いことを述べている。建物の北東から少し離れて立つとよくわかることだがとして、こういう事実を指摘する。「壁はすべて縦勾配(バター)がついている。すなわち後方にかすかな傾斜がついている」。これはこの近辺の古い家すべてに見出されることで、建材を節約するためとか偶然とかによるとは思われない。「それはその建築に従事した人々が逃がれることのできない伝統的なデザインの一例と推定せざるを得ない。それはその建物の美しさを損うかもしれない硬直性を奪って、しなやかさを与える。これは今日におけるこの時代の住宅建築の模倣にはけして見出すことができないものである」。つまり壁面の上下と稜線とが長い梯形をなしているのである。これはかのサン・マルコの広場が梯形の平面をなし、いわば遠近法を加速して空間感覚を拡大していることを、垂直方向にしているともいえる。しかしその後退角はそういう効果を意識させるほどには大きくなく、むしろそのことが稜線が直線でなく、風に撓《たわ》む大きな曲線の一部という微妙な味わいを生んでいると実際に見て強く感ぜられた。そしてこのしなやかさは他の二つの特徴とも非常に美しい調和をなしているのである。

一つは窓の位置の多様性である。一階の窓でも、二階の、また三階（屋根部屋）のそれでも、壁面が異なれば、それらに対応する窓の位置、高さがみな違うのである。そして次に屋根。二度目の訪問の時管理人の中年女性の一人が、私をわざわざ裏の一階建ての台所の屋根がすぐ見えるところに連れだし、屋根を葺いているストーン・スレートが sized down しているさまを指さし教えてくれた。屋根の上に向かって次第に小さいスレートが、庇《ひさし》に近づくにつれて次第に大きいスレートが用いられているのである。「魚の鱗や鳥の羽根と同じ種類の美的快感がある」とモリスも書いている。屋根にも同質の石を用いられるところにコッツウォールド建築の美しさの秘密の一つがあることは前述した通りだが、色々なレヴェルでの「割合の変化」を楽しむ作り方が、互いに率直に響き合って気持のいいリズムをつくり出している。その「割合の変化」の総体が、のびやかな単純さ、成長の感覚をふくんだ簡素とでもいうべき質感を与えているのである。

テューダー朝から十九世紀の最初の四半世紀まで、イングランドの広い地域にわたって屋根葺にストーン・スレートの使用は好まれた。サンドストーンのもあるが、主力はライムストーンであり、中でもコッツウォールドは、ノーザンプトンシャと並んで質量ともに優れているという。それは色、肌理《テクスチュア》の両方で、まわりの風景との調和に仕上げの一筆となるのだが、建物の構造の上にも影響を与える。なにしろコッツウォールド屋根の重量は大変なものだ。一〇〇平方フィートあたり約一トンあり、庇のところの最大のスレート一枚で約五〇ポンド（約二三キロ）もある。したがってきわめて頑丈な木の屋根組みが必要となる。その構造の強さが形体の力を生んでいるわけだが、古い家になるとどうしても軽く撓む。その撓みがまたその屋根の線にある魅力を添えるのである。まだある。この石のスレートは、どうしてもきれいに平らというわけにはいかない。だからかなりの勾配をつけないと、繋ぎ目から雨が逆流する。ためにコッツウォールド・ルーフの勾配は四十五度を下ることは絶対なく、平均五十度から五十五度の間であり、時として六十度から六十五度に達するという、かなりな急勾配である。これが美的に幸運な結果を生むことになる。また破風《ゲイブル》が効果的になる理由でもあるだろう。

グレイト・コックスウェルのタイズ・バーン（撮影・川端康雄）

ケルムスコットからほぼ南約四マイルのところにあるグレイト・コックスウェルという村にも足をのばした。そこにはケルムスコットの家に劣らず、モリスを虜にした建物があるからだ。いわゆるタイズ・バーンである。すなわち教会への十分の一税tithe用の農産物を収納する大型納屋である。モリスは友人をそこへしばしば連れていったという。十三世紀中葉のほとんど典雅といっていい建造物で、巨大な控壁《バットレス》をそなえ、オーク材の森のような骨組の上に聳え立つ一五〇フィートもあるグレイの、つまりストーン・スレートの屋根をもつ。すぐそばに一軒の同じ石造り（漆喰が塗られた真白な壁だった）の農家があるが、草花や木が小綺麗に植えられ、小川が流れ、鶏が虫をつつき、犬が突然の訪問客に驚いて内庭に逃げ込む以外人影もなく、あたりはかすかな起伏をみせてゆるやかに牧草地が拡がるという穏やかな世界に、四五メートルもある高さ[1]から鋭角をもって二双に拡がる巨大というよりしかない屋根だけのような建造物は、異様といえば異様であった。しかし、この屋根は正面壁面のこれまた巨大な鋭い頂角をもつ三角形と側壁の低さと相俟って、私のなかにある或る通念的感覚、これだけの容積と結びつく漠然たる形体の観念を鋭く破るものであった。モリスはこれを「近寄り難い威厳をもち、伽藍《カシードラル》のように美しいが、建てた人の工《たくみ》にはこれ見よがしのところは微塵もない」といっている。そして、「イングランド、いや世界の中でもっとも美しい建築の一つ[7]」とまでいっているのである。

2　ヴェネチアの「石」

コッツウォールド・ストーンの私にとっての魅力は、モリスが現代のわれわれにもっとも強く深く呼びかけてくる思想と趣味の弁証法の発生機を、つまり「思想の趣味化」と「趣味の思想化」とが一挙に成立し同時にそれぞれ急激に出発する現場を、そこに感じたからなのである。

しかし、私のこの関心にはモリスの思想＝趣味上の師ラスキンの『ザ・ストーンズ・オヴ・ヴェニス』（『ヴェネチアの石』）の「ストーンズ」という響きが響いていたに相違ない。ところがヴェネチアの地を実際に踏んでみると、この「石」の観念が奇妙に混乱し始めたのである。町全体の地盤としての石の印象が強いが、これがラスキンが直接問題にしている石なのであろうか。も一つ目につくのは、建築物をおおう美しい大理石である。特にさまざまな色合の石が優雅にちりばめられて模様を織り出す色彩の精妙典雅の味わいである。しかし味わいは微妙に違うとしても、同じ方向での大理石の美しさはフィレンツェでもピサでも経験することはできる。ヴォールトなりアーチなり、比較的小さいブロック石材を積み重ねていくという形でその石のイメージをゴシック建築と石との関係に漠然と抱いていた私は、あっさり混乱した。「中世主義者ラスキン」の論ずるはずの石のありようが見当らない気がしたからである。

北フランスのシャルトルやアミアンやボーヴェを訪れた時は、それらの大聖堂と石（の特性）との関係が、特に意識されなかったのは何故だろうかということまで反省させられたのである。

しかし、この混乱は趣味の思想化の異なる相を暗示していてかえって興味深いことのはずだ。コッツウォールド・ストーンが位置づけられるべき「石」のより広い宇宙が展開するだろうか。

ラスキンの『ヴェネチアの石』はむろん、ヴェネチアの建築を主題としている書物だが、『近代画家論』で絵画以外のことが多く論ぜられているように、建築以外の数多くのテーマ、ヴェネチアの政治史や生活史なり中世の服装なりにもかなりのペイジがさかれていることは、ラスキンの建築観そのものに由来するところが多いだろう。しかしその建築観はゴシック建築の深い理解と評価から生まれたものだというわれわれの常識は、当然この書物はゴシック建築について多く書かれているだろうという予測を成立させる。それにその第二巻第六章「ゴシックの本質」は、刊行後一年経たぬうちに分離印刷されて労働者のために六ペンスで頒布され、広く読まれたり、またモリスも晩年、ロンドン西郊ハマスミスのテムズ河畔の家（ケルムスコット・マナ・ハウスにちなんでケルムスコット・ハウスと呼ばれた）に開いた印刷工房ケルムスコット・プレスでの最初の仕事の一つに、この「ゴシックの本質」を選び序文をつけて刊行したりしていて、この部分が独立して読まれ、しかもそれが圧倒的な影響力をもったということもその印象を強めている。しかし実はさにあらず、第一巻は建築の諸形態の入門的案内とラスキンの建築一般原則の叙述であり、第二巻の三分の一はビザンチンとロマネスクの構造にあてられ、論究される中心的建築たるサン・マルコ寺院とパラッツォ・ドゥカーレ（総督邸）は部分的にしかゴシックでない。第三巻はルネサンス期の構造であり、パラッツォ・ドゥカーレについてもルネサンス期の付加部分が扱われている。[8] むろんこれらはゴシック期の位置づけに必要といえばいえるが、「ゴシックの本質」の主張のぴたり例証となるべき建築とはいえまい。ヴェネチアのゴシック建築の総ざらいでもないし、ゴシック建築におけるヴェネチア的特徴の主張でもない（特徴そのものはふんだんに盛られているのは当然）。そもそもヴェネチアのゴシック建築はゴシックの典型的なものとはいえないわけである。となると、なぜラスキンはゴシック建築を主題とするに当たってヴェネチアを選んだのかという問題になる。この書物は一八五一年から五三年にかけて刊行されたものだが、その前一八四九年に最初の建築に関する書である『建築の七燈』を刊行している。この書物の再刊時一八五五年に新しく寄せた序文は『ヴェネチアの石』の反響をもふまえていて興味深いが、そのなかでこういっている。『ヴェネチアの石』の気の早い読者はしばしば私（ラスキン）が、ヴェネチアの建築をゴシック諸流派のなかでもっとも優れたものと考えているとと思っているようだが、これにはそうなのだとうなずくわけにはいかぬ。「むろん私はヴェネチアのゴシックに大いなる敬意を払ってはいる。しかし、多くの初期の流派の一つとしてのみそうなのである。私がヴェネチアにかくも多くの時間を捧げた理由は、その建築が現存のもののうち最良のものだからというのではなくて、それが最少の範囲内に、建築史におけるもっとも興味深い諸事実を例証するからなのである」。しかし語を継いでこう書く。「ヴェロナのゴシックはヴェネチアのゴシックより、はるかに優れている。フィレンツェのそれはヴェロナのそれより優れている」(9)

いずれにせよ、イタリアのゴシックだ。彼は建築史上のギリシヤも、ロマネスクと初期中世も、ルネサンスも、セント・ピーター寺院のようなイギリス・パラディオ主義も、ガウァー・ストリートのジョージ朝風の街並みも、グリーク・リヴァイヴァルもことごとく退けた。ゴシック建築も例外ではない。後期のゴシック、フランスのフランボワイヤン、イギリスのパーペンディキュラー（垂直様式）は認められない（しかしこれはピュージン以下と共通）。テューダー朝はむろんのことである。

こういう厳しい眼をパスして最後に残るものは何だろうか。『建築の七燈』の最後の章で挙げているのはこうである。1はピサのロマネスク、2、西イタリア共和国（フィレンツェなど）の初期ゴシック、3、まじりけなしのヴェネチアン・ゴシック、4、イギリス・ゴシックの最初期のいわゆるデコレイテッド・スタイル。1はゴシックですらないが、ともかくラスキンの好みがイタリアに傾いているのは隠しようもない。2で彼の格別な愛は、フィレンツェの大聖堂《ドゥオーモ》のジオットー他の手になる鐘楼《カンパニーレ》にあった。3はつまり総督邸《パラッツォ・ドゥカーレ》である。

ラスキンはゴシック建築・芸術についてのもっとも影響力ある批評家であると知られているのだが、彼がもっとも多く筆を費やしたのは、もっとも典型的ならざる相におけるゴシック、すなわちイタリヤン・ゴシックだったということが当面注意さるべきこととしていっておきたいのである。(10) 理由はといえば、ラスキンがどうしても、アルプス以北の（つまりより典型的であるであろうところの）ゴシックよりも、イタリヤン・ゴシックの方を愛したということにつきるだろう。にもかかわらず、そのゴシック論には本質的に北方性を基礎とする発想が中心にあることが興味あり、かつ大事なことと思われる。しかしその愛、あるいは趣味の内部に立ち入る前に、この事実だけで何を意味したかが考えられねばならない。

ラスキンのゴシック論が、先行のゴシック・リヴァイヴァリストたちに負うところがすこぶる大であることはいうまでもないが、右に述べたところが、いわば象徴的に先行者たちと袂を分かつところであることに注意したい。ゴシック・リヴァイヴァルの実行上の大立物ギルバート・スコットは、そのリヴァイヴァルを「半ば宗教的なもの、半ば愛国的なもの」として見た。(11) チャールズ・バリがA・W・N・ピュージンの協力を得て「国会議事堂」（一八三六年着工）をゴシック様式で建てた時、いわばその様式が国家の様式として採用されたといってよいだろう。そのゴシックがなお外装にとどまり、構造的にはパラディオ式であることも指摘されているが、ともあれそのゴシックとはイギリス後期ゴシックである垂直様式《パーペンディキュラー》（十四世紀三〇年代以降）であった。この様式はその後基本的変化もなしに約二百五十年も続き、ゴシック・イングランドの主要な景観を形づくるものであったが、ゴシック・リヴァイヴァルのモデルとしては短命であった。というのは、ピュージンとその後継者たちはいわゆる第二期尖頭式《セコンド・ポインテッド》——十三世紀半ばから十四世紀初頭にかけての——こそ正しいゴシックとして、その説が大勢を占めたからである。もっともピュージンは、その建築様式と密接不可分のものとして統一的なキリスト教文化と社会を理解し、自ら熱心なカトリック教徒となったように深い文明批判をになう主張であったが、それに続く人たち、特に前記ギルバート・スコットやその仲間たちは、細部の知識の増大とともに、その様式を融通のきかぬ厳しい規範にしたて、教会堂修復の原理として採用したのである。その「修復」とは、純粋な垂直様式《パーペンディキュラー》の窓をそれ以前の「正しいゴシック」の模倣と取替えるということでもあるようなものであったのだ。これが「半ば宗教的、半ば愛国的」ということの、正体とはいわぬまでも中身ではあった。

　ラスキンのイタリヤン・ゴシック趣味は、このゴシック・リヴァイヴァルの「愛国主義」を爆破したのである。ゴシック主義もロマン主義である以上、民族主義的傾きをもつことは不思議ではないが、ラスキンはその趣味によってゴシック理解を北方主義、ゲルマン主義的狭隘化から解放したのである。「ゴシックの本質」を北方性を基盤としながらそれを超えるところに発見し得たのは、むしろラスキンがその趣味に固執したからである。趣味の「全体性」は、建築のスタイルの背後にある生活のスタイルの「全体性」を執拗に求める。「美的関心」から「社会的関心」への移行などではまったくない。

　ケネス・クラークはピュージンとラスキンとを比較して、前者は構造の重要性を強調したのに対し、後者は装飾のそれを強調したという。[11]「偉大な彫刻家や画家でないものは何びとも建築家《アーキテクト》でありえない」（ラスキン）。N・ペヴズナーは、フランスのゴシック・リヴァイヴァルの指導者ヴィオレ・ル・デュクとラスキンとを比較している。[12]ラスキンがゴシック建築を賛美するのは、彫刻師《カーヴァー》がそれに与える生命の故であるのに対し、ヴィオレ・ル・デュクはその設計者を、ゴシック建築の合理的構造の論理の把握者として賛嘆したという。彼の合理主義的理解は構造材としての鉄を認め（ラスキンは嫌悪した）、機能主義につながる道をも示しているが、他方、いわば一種のナショナリストであったことにも注意を払おう。当時のフランスのアカデミイの古典主義やイタリア主義に抗して、ゴシックをフランスの国民様式であると擁護したのである。しかし、そこには地方主義、民族主義的色彩はなく、社会主義者でもあるヴィオレはむしろ文化の合理性と普遍性を結局主張していると見える。イギリスではどうか。ピュージンの場合、その「構造主義」はキリスト教の普遍性（カソリシズム）とまがりなりにも結びついていた。しかし、その追随者にあっては、それは精密になればなるほど涸渇した様式主義に転化してしまっている。

　ゴシックをその「構造」の合理主義的解釈を前提としてその普遍性を主張する時、それはやはりせいぜい「目的合理性」の枠内にとどまるのであり、その目的そのものは疑われていない。目的達成の手段の合理性というより、目的設定の合理性が疑われていないのである。この考えで社会主義を構想するなら、権威主義的社会主義になることは間違いない。

イギリスの代表的建築史家の一人ジョン・サマーソンはその合理主義的解釈に疑問を投げかけている。ゴシック建築の本質に関して、ヴィオレ・ル・デュク以来、そのほとんどは美学的というより技術的な前提に基づいているが、ゴシック建築を説明するに当たってまず最初に技術的な面を先に考えるという態度は、建築とは構造物プラス美的な飾りつけであるという十九世紀的謬見の残滓であるという。(13)ゴシック建築の実体は、ローマ時代の劇場、住宅、墳墓の装飾に由来する小祠《アエディクラ》建築概念を通してこそもっとも容易に把握されるというその説の当否は別として、ゴシックの最大の新機軸とされる尖頭《ポインテッド》アーチの採用、リブ・ヴォールトの採用の「合理的」解釈への批判は重要かつ興味深い。尖頭アーチ採用の理由は静力学上の便宜の故というより、ゴシックの創造者たちの時代精神が希求していた幻想の琴線に触れるものとしてその本質が把握されたからだという。またリブ・ヴォールトについては、すでに二十世紀二、三〇年代に出ている研究を援用して、リブはヴォールトの稜線を装飾的に強調するに過ぎず、ヴォールトから突き出しているのは構造的な重要性からでも何でもないとするのである。構造合理主義的ゴシック理解の訂正は今日建築史的常識かも知れないが、その訂正の意味するところを鋭く深く暗示するのがサマーソン氏の意見であろう。

こう見てくると、ラスキンの「装飾」に対するピュージンやヴィオレ・ル・デュクの「構造」という対比はいったい意味のあるものなのかと考えざるを得ない。構造と機能とを直結できる「近代主義」にとってはそうであるとしても。ラスキンもまた「構造」を論じていないわけではない。アーチ、ヴォールト、ドームについて十分に「技術的」にさえ語っている。だが、この「構造」はラスキンの中で「装飾」と対比されていたものだろうか。「装飾は建築の主要部分である」という有名な命題に照らして、「構造」に関する話は非主要部分についてのものだろうか。

たしかに、その命題を「細部や部分に表象された個別的な〈生〉への関心」と読み、「装飾は細部において生命力を発揮しないかぎり、その存在価値を根底において失うであろうという警告でもある」という長谷川堯《たかし》氏の理解は正しいと思う。また「装飾がまさにそうであるように、建築の「部分」と呼ばれるものは「全体」に対して常にそういう関係を持っている、という発想がラスキンの建築についての考え方の中心にあったような気が私にはする」[14]という意見にも賛意を表する。そしてそれを強調することの必要にも共感する。

しかし、ラスキンにおいて、「装飾」と「構造」の関係は、「趣味」と「思想」の関係、あるいは「趣味」の思想化のしかたと似ていると思う。装飾の細部の質への感受に固執することは、その細部の集積結合の原理が細部と同じ質をもつことの発見につながり、さらに労働の構造、労働の結合関係にまで、その「質」感を及ぼして行くことを可能にさせた。その一つが駄目ならすべてが駄目なのである。

彼のイタリヤン・ゴシック趣味は、彼のゴシック総体の理解を偏頗《へんぱ》なものにするどころか、逆に立体的にさせている。その趣味はイギリスのゴシック・リヴァイヴァルの偏狭な感受性をつき崩すだけでなく、ゴシックを評価する眼がいわば世界構造を直観する力を持つことを、新しい感受性の状態で示しているのだ（もっとも壁面をヴェネチアン・ゴシック風にするという流行が少々生まれたという浅薄な影響もあったそうだが）。

ラスキンのイタリヤン・ゴシック趣味とは、要するに建築の表面、壁面への執着でもある。彼にとって建物とは一連の平面であり、装飾とはまずこの平面（としての壁面）に対してなされるものということになるが、装飾とは何もその表面への加工を意味するとは限らない。材料そのものが美しい模様をもつならば、その上に装飾は必要でない。美しい壁面材の選択、その按配が「装飾」なのである。彫刻師《カーヴァー》＝装飾という通念、北方ゴシックならあてはまる通念が、ラスキンの趣味の出発点では通用しないことをよく見てとらねばならぬ。そしてそれだけ「装飾」概念が狭くなるのではなく、その観念と感受性の結びつきに驚くべき伸長力を備えさせていることにさらに気づかねばならない。ともあれそういう性質をもっともよくになうのは大理石、それも様々な種類の大理石の組合せということになり、それらはまた「南」でしか利用できないわけである。ヴェネチアの石とはむろん大理石のことであるとしても、しかしそれは構造材としてではない。ヴェネチアの「化粧張り建築《インクラスティション》」の栄光！　都市全体の景観として、「一つの巨大なモザイクの芸術」になっていることは実見すればすぐ納得のゆくことである。そういう平面「装飾」材としてだけでなく、たとえば柱にも大理石は用いられているが、ゴシックの構造上重要な組積造《メーソンリ》アーチの材料としては用いられていないのではなかろうか。

林達夫氏はロドリコという学者の研究によるとしてこういっている。「ここ〔ヴェネチア〕で町づくりの基礎としていちばん多く使われているのは、はるばるダルマチア沿岸から運ばれてきたイストリアの石材なんです。すでにラヴェンナでテスト済みの、潮風にも塩水にも強く、暑さ寒さにも負けない、それでいて、白くきれいで大理石に見紛うようなこれが何と石灰岩なんです」(15)。しかしそのような礎石としてのみならず建材としてもこの石が利用されたであろうことは当然想像できる。建築物全般におけるこれと大理石との用いられ方の関係、一通りではないだろうが、それを知りたい。なぜならラスキンの引用するフランス人のヴェネチア紀行にはイストリアから白い大理石という記述が見られ、とするとこの「石灰岩」は「大理石」と事実見紛われていいたのではないかという疑いが生ずるからである。

それはどうあれラスキンのいうヴェネチアの「石」は、構造材としての石ではなく、建物の被覆としての石材であり、そういうものとしての大理石であったといえるだろう。そうとすれば石は装飾材としてとらえられているのであるから、「装飾は建築の主要部分である」というテーゼを裏書きすることにもなろう。

だがそれにもかかわらず、その石は、建物の外被にとどまらず、その総体、主要部分というよりは、むしろ全体構造に浸透していると私はいいたいのである。その石は、石造アーチの石とも、ヴォールト的形態の石とも断絶しているのでもなく、対立させられているのでもない。イストリアからの「白い大理石に見紛うような石灰岩」は、様々な色や模様のある大理石とも対立しないであろう。それは「白い大理石」としてあったのかもしれないのだから。表面が美しい「石」のため、表面＝装飾に執着するということが、その装飾と石の構造とを連続させているという「逆説」がここにあるのである。細部から全体へということは、細部と構造とを対比させているのではなく、細部を支配する論理が全体をも貫徹するということであろう。細部の生命は趣味によってしか証明できないから、ラスキンはおのれの趣味に執することによって、かえってその思想に解放体系を与えた。美しい自然模様の壁面材の選択と按配という「装飾」と彫刻などの装飾との関係、「装飾」と全体構造との関係、イタリヤン・ゴシックとゴシック総体との関係、ゴシック建築と生の全体性の形式との関係と、最初の「装飾」感情（すでに関係の質感を孕む）からそれこそ有機的に成長しているのである。

「ゴシックの本質」の章で説かれている「社会的倫理的」考察は、対象が人間の労働（そのエートス）とその組織という「社会的倫理的」なものであるとしても、それに接近する態度はまったく「趣味」を貫いているのであり、徹底的に美的な方法なのである。「装飾」は建物の構造を通り抜けて労働の構造原理にまでなっていると私はいいたい。

ラスキンの「狭い」趣味を共有しなかったウィリアム・モリスは、しかしラスキンの「思想化された趣味」を共有した。というより継承した。だが、これもまたモリス自身の「狭い」趣味をなかだちとしなければ、趣味として本当の力を発揮しないであろう。そしてコッツウォールドの石に対するモリスの愛が簡素単純ながら深い成熟を示すその「狭い」趣味だったのではあるまいか。そしてこのコッツウォールドの石のなかに、私は自然と装飾、テクスチュアと構造、あるいは装飾とテクスチュアを貫く一元論、ラスキンの弁証法を目と手の神経と筋肉の作動の中に実演する、しなやかな一元論を見る思いがするのである。

3　ロマンスとしての装飾と自然の秘蹟

ラスキンとモリスとの差異はしかし、「石」に対するそれぞれの趣味から直接類推することは無論できない。文体文章の面からすれば、前者はむしろ「旧約」的で、後者はホメーロス的だともいえるかも知れない。つまりラスキンには光と影の際立った対照、暗示力、意味の多様性、モリスには均一な照明、奥行きのない前景、明瞭な一義性という対比もある程度可能ではある。しかし私は「趣味」より事を始めた。「石」に対する趣味は、ただそれらを静止の状態で比較するのではなく、運動において対比するなら、むしろそれぞれの思想的事件の発生の場を見届けることができるはずだ。そしてそれぞれの差異にもかかわらずではなく、差異あるが故の一致の形も見えるだろう。ラスキンのそれについては今試みたところだが、コッツウォールドの石が、モリスのなかでどのような運動の軌跡を示すだろうか。モリスの実際の建築物に対する評価の動態と、デザイナーとしての実践そのものの細部について、その眼の動きと手の動きの基本を何とか写しとりたい。

装飾芸術家としてのモリスの才能は、平面《フラット》デザインの分野で特にその卓抜さを示した。家具、食器、祭具その他小なりといえども立体的なものにはほとんど手を出さなかった。これは立体的というわけではないが、ステンド・グラスに関しては、アート・ディレクター的役割を果たすことが多く、直接手を下したことが少ないという通説は最近の研究で否定されている。しかしいずれにせよ、モリスのデザインはフラット・サーフェスに限られていた。このことは当時としては例外的なことなのではなかろうか。独立したフラット・デザイナーがいたとかいないとかの問題としてではない。たとえばピュージンは多くの教会堂の設計者である以上その内装の様々のデザイナーでも当然あるわけだが、そういう建築に伴う細部、彫刻的装飾のみならず、家具、銀器、宝石、織物、壁紙などのデザインを皆手がけたのである。ラスキンと較べて「構造的」ゴシック主義者とされるピュージンだが、実はこれら装飾的細部を通じてゴシック芸術をイメージしていたのであった。皿と家具の研究『十五、六世紀の装飾《オーナメント》』という著書もある。ラスキンの弟子たるモリスは、実践面でピュージンの弟子でもある。モリス以後の、モリス運動の流れの中にあるマックマードウだって、ヴォイジだって、マッキントッシュだって先ずは建築家だった。モリスは、フラット・デザイナーという職域確立の先駆者だったわけではない。むしろピュージンの系譜にあると見るべきだと思う。にもかかわらず、モリスがその領域（フラット・サーフェスのデザイン）

にとどまり、そしてその領域においては、当時おそらくヨーロッパ随一のデザイナーたり得たことは、その伝統のうちにあったからである。教会装飾芸術や他の芸術で独特な自然感情をもつイギリスの伝統が、モリスのフラット・デザイナーとしての感受性に大きな影響を与えているのである。

建築家としての修業も試みたが中途で捨てたのは、その後の画家としての修業を放棄したのと同様、その才能がそれらに向かなかったからというのも事実だろうが、「万人が共にわかちあうことができないものならば、芸術にかかわりをもつなどということはいったい何の意味があろうか」というモリスの生涯を貫くマキシムが自らそういう選択をさせたと解釈してよいであろう。絵画はいさ知らず、建築はまさに「万人が共にわかちあうことのできる」はずの芸術であって、建築家を放棄することは、そのことによってますます建築に近づこうとしたことに他ならないからである。

建築とは「人間生活の外的環境の総体の考慮すべてを包含するものである。われわれが文明の一員である限り、しようと思ってもそれから逃げることができぬものである。なぜならそれは地球の表面そのものを、人間の必要に従って形を与え、作り変えることを意味するからである」[16]とモリスはいう。芸術とは人間の自然への冠である、つまり人間の自然に対する尊敬の表現であるということばと、これはぴたり重なり合う。これから次のことばまでは一直線である。「もし人が善きかつ理にかなった建築を持とうと決意しないのならば、芸術について考えるなどということがそもそも無用なのである」。こういう芸術の要件をそなえているのがゴシック建築だというわけだ。

しかし、モリスの良しとするゴシック建築が、イギリスでは十三世紀末から十四世紀初頭にかけての、北フランスでは十二世紀末から十三世紀半ばにかけての建築物であるとすれば、それはピュージン以後のゴシック・リヴァイヴァリストたちの趣味と変わることはない。しかし、彼らと異なってモリスはゴシック建築を当代建築の採用すべき様式の見本などと考えることはまったくなかった。われわれの時代の建築様式は「われわれ自身の時代から自然に生まれ出るものでなくてはならないが、しかしまた歴史のすべてとも結びついていなければならぬ」[17]。これはヴィクトリア朝一般の折衷主義などではない。モリスはヴィクトリア時代から「自然に生まれ出る」スタイルなどというものを信じていなかった。なぜなら「歴史のすべて」と結びつく創造要件が皆無であるから。各時代のスタイルの部分を、その長所によって「構造合理主義的」に、あるいは「機能主義的」に綜合するということは、フィリップ・ウェッブが、モリスの最初の新居「レッド・ハウス」に用いた方法でもある。生涯を通じての親友のウェッブだが、その建築についてはついに一度も論及するところがなかった。ハマスミスのケルムスコット・ハウス、このジョージ朝の家を「みにくいが、まあ使い易い」と言ったモリスは、だからむしろ理想に近いようでいて実は遠いものは、どうしても認められなかったのであろう。これはよくわかる話で、このわりと一般的な力学がモリスの建築物批評にあると見てよい。そしてそれはどこが「遠い」のかをわれわれがよく見るチャンスでもある。

別のところで「芸術の歴史こそが民衆の歴史」といっているように、未だに歴史になっていない厖大な部分を甦らせることが、「歴史のすべてと結びつく」ということの意味なのである。建築の様式が、ではなく、時代の様式がゴシックを基盤とせねばならぬというのが、だから基本的な主張になる。ならば、その時代の様式を創るための当面の芸術実践のスタイルは何かということになる。この基本的な主張の実現には「社会的」「倫理的」あるいは「政治的」なプロセスを必要とするだろう。しかし主張そのものはあくまでも「美的」なものである。ゴシックの様式ではなく、それを支えている、あるいは生み出している社会制度その他といってもよいが、しかしそれは様式の様式というか、一つの肉感的な原理のレヴェルでとらえられるもので、クリティカルな趣味によってしか、原理として生きない。

モリスの実際の建築物の評価はすこぶる弾力的かつ戦略的で、しかもその戦略構造は、あのコッツウォールド・ストーンへの愛を最重要な一角とするのだが、その中からしかその原理は見えてこないのである。

モリスはゴシック・リヴァイヴァリストたちのネオ・ゴシック主義的建築の多くを全面否定した。しかし逆にギルバート・スコットが「まったく堪えられぬ」としたジョージ朝建築（十八世紀から十九世紀前半まで）のベイカー・ストリートやガウァー・ストリートをむしろその簡素と堅牢とによって受け入れている。またノーブルとはとてもいえないが、まだ「芸術の時代」の伝統をいくぶんか残していて、美しさをほとんどもたぬとしても、なにかあるコモンセンスや使い易さがあり、時代の風俗感情をよく現わしているものがあるとして、ジョージ朝の建築とそれより古いアン女王時代の建築（いずれも住宅建築）をあげている。後者は十八世紀初頭のものだが、「ゴシック時代に手を差し伸ばしていて、特に環境が美しければ、絵画的美しさがないわけではない」(17)とされる。

ペヴズナーは、この発言当時、クウィーン・アン・スタイルとはノーマン・ショウから始まった住宅建築復興《ドメスティック・リヴァイヴァル》を指す言葉で、これは破風《ゲイブル》と出窓《ベイ・ウィンドウ》と短い壁柱をもち、十八世紀初頭（アン女王時代）によりも十七世紀中葉のオランダとイギリスのスタイルに負うところ多いものだとして、(18)モリスの用語法に疑問を呈している。アン女王治下のスタイルは「すべてのなかで、もっとも単純であり、直線的であり、装飾の少ないものである」から、「ゴシック時代に手を差し伸ばす」という部分が理解できないということらしい。しかし、これはモリスがそれこそゴシック・スタイルではなく、ゴシック精神の影をかえってそういう歴史上のアン女王時代のスタイルに見出したということではないだろうか。

どうもイギリスのモリス研究家のなかにこういうことがあるようだ。モリスがギルバート・スコットの建築を憎悪しながら、パラディオ主義のクリストファ・レンの仕事、特にそのいくつかのシティ・チャーチをむしろ認め、ジョージ朝建築も、「簡素《シンプル》と堅牢《ソリッド》」の故に受け入れるとするなら、その要件をみたし（優美さを加えてといってよろしいか）、かつモリスの理想を共有するフィリップ・ウェッブやノーマン・ショウやヴォイジの建築を積極的に認めなかったのは何故かというのである。これらにこそ二十世紀建築への可能性が豊かに存在したのにという嘆きのようなものがある。だから「〔これらを認めなかった〕モリスはヴィクトリア朝歴史主義のディレンマから解放されていない」（ペヴズナー）と判断を下される。

しかしわれわれの二十世紀は、モリスにとっての新時代などではないことは明らかだろう。むしろモリスが消極的に受入れた建築に対する次の批評のなかに、「歴史主義」でも「折衷主義」でもない、むしろ自然主義的というべきそのゴシック理解が現われていることに注目したい。

クウィーン・アンとジョージアンの両方の建築とも「特にロマンスに惹かれる性向を少しでももつ人々にとっては、装飾するのが難しい。なぜなら、それらのなかに人が無視することのできない何らかのスタイルがまだ残っているからである。つまり、それらが建てられた時代の外に生きる人々は、単に気紛れに過ぎないのがその特徴であるようなスタイル、つまり、何の確たる原理にも基づいていないようなスタイルに共感することができない、ということである」。

しかしモリスの考えるゴシック・スタイルは「装飾」をひき寄せる。だが、それは気紛れを削り落とした「構造合理主義」でもない。ここでロマンスという語に注目したい。これは、ある原理にのっとったスタイル、唯一のスタイルによってのみ実現可能な装飾欲望と読まれるだろう。その語のもう一つの重要な使用例をみよう。過去の事物への興味は「ロマンチック」といわれる。しかし、「ロマンスが真に意味するところは、過去を現在の一部とすることによって、歴史の真の観念を得る能力である」[19]。
芸術（装飾といってもかまわないのだが）によってのみ表現されている歴史、「通常の」歴史から姿を没しているが芸術を通じてのみ生きている歴史、こういう歴史を今、目に見えるようにするためには、逆にそういう力をもつスタイルの芸術が必要だろう。それによってのみ、真の歴史が解放されるような芸術のスタイル、いわばロマンスとしての装飾という考え方をモリスはしているのである。それは原理そのものの発現であり、原理を彩る花ではない。しかし、その原理はおそらく「自然の秘蹟《ミステリ》」を媒介としてやっと形式を見出すものだというのが、モリスの装飾芸術実践の一つの結論であろう。ゴシック芸術の「自然主義的」理解と前述したところもそれに近い。

そのような「装飾」行為の「建築物」による実現に絶望したモリスがなぜ、狭義の「装飾」によっては可能だと思ったのか。フラット・デザインの世界もその観点から見なければならない。しかしそれはまたデザインの細部そのものの凝視を要求するのである。

モリスのデザインは生命に充ち溢れている。それがモリス・デザインに関して記憶さるべき第一であり、第二は、それがつねに新鮮で、身がしまってパリパリしていることである。弛緩、湿潤の趣きが微塵もない。次に第三は、モリスが、自然と様式のバランスを、彼の前後に比を見ないほど見事に達成したことである。つまり、モリスが青少年期にあれほどよく観察した花や葉の豊富潤沢と、ピュージンやコール・サークルによって織物などに推奨された平面性《フラットネス》との間のバランスをである。その上、モリスのデザインは――模倣によってではなく、まさにデザインの言語によって――観察された自然の濃度と稠密度そのままを所有しているのである。そして最後に、今の論議の文脈からすれば最も重要なことであるが、これらのデザイン、とりわけ一八七六年以前のものは、過去への密接な依存はまったくない。(20)

ペヴズナーのよく要点を押えた評言である。

モリスのパタン・デザインの発展のあとを、ピーター・フラッドの実証的研究(21)にたよりながら、同時代のデザインの動向を背景として自分なりに追う試みをしてみてはっきりわかったことは、第一にいわゆる自然主義と形式主義の交替の波が生涯の中でうねりを見せるが、同時代のデザイナーたちとは波長も振幅も何も合わぬ完全にモリス独自の道を歩んでいるということである。第二に、「過去への密接な依存はまったくない」ということは、過去先人の仕事のむしろ徹底的な勉強によって逆に成立したということである。自然は自然の中にだけではなく、先人の創造行為の只中にあったわけだ。サウス・ケンジントン・ミュージアム（ヴィクトリア・アンド・アルバート・ミュージアムの前身）の鑑査官の地位をフルに利用したその勉強ぶりは、パタン・デザインに関するいくつかの講演にうかがえるだけでなく、十四世紀のイタリアの絹織物、十五世紀のイタリアのカット・ヴェルヴェット、十六世紀のヴェネチアの絹と金のブロケイドなどからパタン上の影響も明瞭に受けている。その他オリエントの敷物類など、どこまで探求の眼が入り込んでいるか想像を絶する。しかしそれらはモリス・デザインの単なる折衷主義や歴史主義をもたらしてはいないのである。

モリス・パタンにおける「自然」がそのことを説明するだろう。この「自然」の問題は、そのパタンが自然の忠実な模写か抽象的な様式かというところにはない。パタニングとは、「本質的に模倣でも歴史でもない作業による表面の装飾」であるが、その装飾は「われわれに大地や動物や人間のことを想起《リマインド》させ」「われわれの精神や記憶を生き生きと活発にさせるもの[22]」でなければならない。リマインドさせられるのは、忘れてしまった、あるいは無理やり忘れさせられてしまった人間の記憶、人間と大地との、動物との、人間との深い関係の記憶である。装飾にそのことが可能なのは、それが「それ自身を超えるような何か、つまり、それが目に見える象徴に過ぎないような何か」を人間に想起させるからである。それができない装飾は堕落の一歩を踏み始めているという。その「それ自身を超えるような何か」を「自然の秘蹟《ミステリ》」と呼んでいるのだろう。逆にいえば、これに人間の装飾欲望が感応するのである。

しかしまた「われわれが装飾と呼ぶものは、多くの場合、われわれにとって楽しいものであると同時に、腹にしっかりこたえるような必需品を作るために覚えた工夫あるいは方法である」。これは実用と装飾とが矛盾せずに、同時に成立するということをいっているのではない。むろんそれはそうである。しかしここでいわれているのは、実用を超える要素を持たぬ実用品は実用品ではない。少なくとも必需品ではないということだ。装飾は必需品を生む基礎条件だということだ。人間にとって「実用品」といえるのは、目先の目的手段の関係を充足させるだけではだめなのだ。かといってそれに社会的宗教的政治的その他の象徴機能を担わせればよいというのではない。その象徴機能の中でもただ一つ、人間のもっとも深い記憶、いな宇宙のもっとも深い記憶をめざめさせる機能が選ばれねばならぬ。それが「自然の秘蹟」なのだ。

モリスのデザインの実際に少し即してみよう。モリスのパタンは絶えず運動し成長しているように見える。

このモリス・パタンにおける「成長の感覚」sense of growth はいかにして生まれているか。それは先ず、装飾平面のいわば前景における、限られているが、目に見える程度の「深さ」のなかで生ずるものである。そしてこの「深さ」は、色彩や線の重さの変化や背景に点を打つといったことから暗示される効果である。しかしこの「深さ」は澱んだり、浮彫りのように生硬になってはならない。また運動が不安定を生んではならない。モリスは、デザイン全体の構造を見えなくさせるようなことのないパタンを好んだ。一般はむしろ、全体の構図の構造を示す線を覆い隠すことに多くの努力を払っていた。モリスはその努力の多過ぎることを批判している。逆に「幾何学的秩序を隠しようもなく現わすこと」が、不安定感を消すことになる。それはなかなかむずかしいが、パタンが「これとはっきりわからないような貧弱で弱々しい線の中にもつれこむくらいなら、あえて失敗したほうがまし」とまでいう。

「深さ」がもたらすかも知れぬ曖昧さ、「運動」がともなうかも知れぬ不安定感をモリスは嫌った。モリスにとって自然の成長というものは、パリパリ、キビキビ、何か垂直的なスピード感のあるもので、ダラダラ、ウネウネしているものではない。だからとても曖昧さを嫌い、明確で堅固な形を欲した。

しかしこの「明確で堅固な形」を、けして輪郭《アウトライン》としてでなく、パタン・ワークの細部で、形《シェイプ》として実現するようにした。ふつうは、先ず輪郭を画き、その後で線と線との間の空間に色塗りする。この場合は、いわば線と空間の二つのシステムがぶつかることになる。それに対して、モリスのパタン・ワークは主として筆《ブラシ》で描かれているが、画然たる縁に取り囲まれた空間に色づけするのではない。形態《フォーム》の最後の仕上げは筆づかいでなされる。パタンに沿う明確な黒い線が、デザインの本質的な部分をなしている時でさえも、その輪郭線は、筆づかい《ブラシング》で形態が決まったあと、それを強調し、鋭くするために付け加えられるのである。だからこそ、その線の幅はさまざまに変わり、きわめて小さい空間の中にも明瞭な色彩が入り込むことになる。

要するに、モリスのパタン・ワークは筆で描かれた色の形態《カラー・フォーム》で成り立っており、したがって、最後の仕上げの瞬間まで、形《シェイプ》を修正することができるのである。[23]

考えてみれば過去のフラット・デザインのうち最良のものの多くは実際、これと同じようにして得られるものだということに気づく。中世書法がそうだ。古紋章、ステンド・グラス、それにすべてのすぐれた陶器装飾などみな同じ制作過程をもっているのである。

形態の明確さと構造の堅固さと細部の豊富豊麗とが結びついて、自然の「成長の感覚」を表現するには、このような芸術の歴史が内奥に秘める制作過程の「自然の秘蹟《ミステリ》」がどうしても必要なのである。これらのプロセス総体をモリスは「建築的」と呼ぶのではなかろうか。

イギリスのフラット・デザインの世界で一八七〇年以降、ニュー・スタイルとして自然主義的傾向が流行となった。そのうち目立つ存在はブルース・トルバートとエドウォド・ゴドウィンらであったが、彼らは「自然主義と人工との不思議な混合物たる伝統的な日本のデザイン」から大きい影響を受けた。一八六〇年代から世紀末へかけての、日本趣味ということになれば様々だろうが、ここで問題になるのは「自然主義と人工との不思議な混合物」とされる何かである。家具の面でのゴドウィンのサイド・ボードなど華奢な直線性とむき出しの構造に示される明白な日本趣味、建築におけるノーマン・ショウの如きファッションとしてのクウィーン・アン・スタイル、それらにはある共通の趣味、自然と抽象の繊細優美な均衡といったものがある。

これは一面、モリス・デザインの性質に似ているといえば似てもいるわけである。しかし、違いが肝心である。モリスはこういっている。

日本人は尊敬すべき自然主義者であり、驚くべき技巧家である。……そしてまた、ある限られた範囲内では、様式表現の達人でもある。しかし、それにもかかわらず、日本のデザインは、日本人の技能をもって実行されるのでなければ、まったく価値がない。実際、日本人は、われわれの目を眩ませるような工人としての輝かしい長所をもっているにもかかわらず、建築的な、それゆえ装飾的本能に欠けているのである。

装飾的本能が欠けているというのは、一見無装飾に見えるほど装飾が細心に控え目に行われていることを指すのではなくて、むしろそこに未だ気紛れな装飾スタイルの残滓を嗅ぎとり、正しい装飾機能が営まれていないとしているのである。クウィーン・アンやジョージ朝建築を、ロマンスを志向する人間にとって「装飾するのが困難」という理由で批判したのと同じことだ。

簡素で堅固な構造自体がテクスチュアをなし自然の神秘をよくつたえる豊かな細部と結びついて自然の成長の感覚を示すのは、まさにコッツウォールドの石の家であったが、ここにも見られる建築的本能と装飾的本能との一致のミステリの探索がこのエッセイの狙いの一つでもあったわけだ。しかし今は「建築的感覚」とは「芸術の発展」と「人類の歴史」とを結びつけるものといわれても驚かぬ。驚かぬが、フラット・デザインの細部においても、建築物の趣味の細部においても、生そのものの細部においても、その建築的装飾的感覚を貫き通した人物を見ることは驚きといわざるを得ぬ。

長谷川堯氏は、アール・ヌーヴォーを「部分の叛乱」ととらえ、アナキズムとの時代的内容的平行関係を指摘している。[24] しかし、すでに長谷川氏も暗示しているように、「部分の叛乱」ではなく、「細部の連合」にこそ、あえていえばわれわれの社会主義の「感覚的基礎」があると私はいいたい。「細部」は「全体」に、すべてを均質化する「全体」に叛乱するのではなく、「全体」それ自身を一個の質として対象化し、「連合」の一モメントとしてしまうもののはずだ。

すべての「量」に張りついている「質」を意識化し、はぎとらない限り、「量」はすべての「質」を量化する。装飾一元論だけが、このはぎとりの行為を執拗に行う。

モリスのデザイン作品は他の時代、他の人のすぐれた作品と併用された時、特にすぐれた力を発揮するというのが私の経験だ。組んだ相手を十二分に引立て、自らも輝く。濃密であればあるほど透明感をいやますようなところがモリス・デザインにはあり、それが他をもまき込むのである。

建築＝装飾＝ロマンス＝自然の秘蹟《ミステリ》が一挙に成立し、立ちどころに出発する。しかも絶えず出発する一元論というべきだろうか。

参考書目

（1） William Morris, "The Prospects of Architecture in Civilization", 1881, *Collected Works*, Vol. 22, Russell & Russell, 1966.
（2） 河出書房新社、一九七四年。
（3） A. Clifton-Taylor, *The Pattern of English Building*, Faber and Faber, 1972.

（4）N・デヴィー『建築材料の歴史』山田幸一訳、工業調査会、一九六九年。

（5）William Morris, "Gossip about an Old House on the Upper Thames", 1894, *William Morris: Artist Writer Socialist* by May Morris, Russell & Russell, 1966.

（6）D. W. Insall, "Kelmscott Manor and its repair for the Society of Antiquaries", reprinted from "Monumentum", The Internal Council of Monuments and Sites.

（7）J. W. Mackail, *The Life of William Morris*, Longmans, 1899.

（8）John Ruskin, *The Stones of Venice*, 1851–53, Library Edn., Vols. 10, 11, 12.

（9）――――, *The Seven Lamps of Architecture*, 1849, second ed., 1855, Library Edn., Vol. 8.

（10）K. O. Garrigan, *Ruskin on Architecture*, The University of Wisconsin Press, 1973.

（11）Kenneth Clark, *The Gothic Revival*, Constable, 1928, John Murray, new edition, 1962.

（12）Nikolaus Pevsner, *Ruskin and Violet-le-Duc*, Thames & Hudson, 1967.

（13）John Summerson, *Heavenly Mansions*, 1949.『天上の館』鈴木博之訳、鹿島出版会、一九七二年。

（14）長谷川堯『都市廻廊』相模書房、一九七五年。

（15）林達夫・久野収『思想のドラマトゥルギー』平凡社、一九七四年。

（16）W. R. Lethaby, *Philip Webb and his Works*, Oxford University Press, 1935.

（17）William Morris, "Making the Best of It", 1879, *Collected Works*, Vol. 22.

（18）N. Pevsner, "William Morris and Architecture", 1957, *Studies in Art, Architecture and Design*, Vol. 2, Walker, 1968.

（19）William Morris, "The History of Pattern-Designing", 1879, *Collected Works*, Vol. 22.

（20）N. Pevsner, *The Sources of Modern Architecture and Design*, Thames & Hudson, 1968.

（21）Peter Floud, "Dating Morris Patterns", *The Architectural Review*, July 1959.

――――, "The Wallpaper Designs of William Morris", *The Penrose Annual*, 1960.

（22）William Morris, "Some Hints on Pattern-Designing", 1881, *Collected Works*, Vol. 22.

（23）Lewis F. Day, "William Morris and His Art", *The Easter Art Annual*, 1889.

W. R. Lethaby, *Morris as Work-Master*, John Hogg, 1901.

（24）　長谷川堯、前掲書及び「部分の叛乱——建築の輪郭と細部」、『美術手帖』一九七五年八月号。

編者注

〔1〕　サイズの記載はおそらく著者の勘違いで、グレイト・コックスウェルのタイズ・バーンは全長一五二フィート、幅四四フィート、高さは四八フィート（約一五メートル）である。それでもこの「巨大と言うよりしかない屋根だけのような建造物」という評言は的確である。

〔2〕　実際の印刷作業はケルムスコット・ハウスの近所の部屋を賃借してそこに手引き印刷機を導入し、印刷職人を雇い入れて進めたので、自宅に印刷所を「開いた」とするのは誤解を招くかもしれない。ただしモリスが活字体やオーナメントのデザインによって「活字の冒険」を推し進めた場所であったという意味では、ケルムスコット・ハウスはまさしくケルムスコット・プレスの本拠地であったといえる。

ウィリアム・モリスと世紀末　社会主義者オスカア・ワイルド

1

いきなり長い引用で恐縮だが、先ず次を読んでいただきたい。筆者は中野好夫氏で「イギリス文学とアナーキズム」と題する文章からである。

> 最初はまずオスカー・ワイルドということにでもしようか。名だたるあの世紀末唯美主義者のワイルドとアナーキズムといえば、一見食い合せにも似た違和感を感じさせるかもしれぬが、事実は決して然らず、案外に近い親和関係があったのである。つまり理由は、あの唯美主義者、シンボリスト、デカダンス、等々といった世紀末の連中、元をただせば、すべてみんなきわめて強い反社会的傾向の持主、言葉をかえていえば、極端な個性主義者《インディヴィデュアリスト》ばかりだったからであろう。したがって、当然彼等はあらゆる権力を拒否する。組織は否定する。ここまでくれば、あ

とはもうアナーキズムへは至近距離にすぎぬ。……

もちろんワイルドの場合は、「社会主義下における人間」The Soul of Man under Socialism なる代表的エッセイまでのこしているくらいだから、別に不思議はないかもしれぬが、たとえば例の『獄中記』De Profundis を読むと、次のような数行すら見えるのである。「わたし自身めぐり合ったかぎり、もっとも完全な人物というのは、詩人ヴェルレーヌとプリンス・クロポトキンとの二人だった」と。そして後者については、「やがてロシアから出現すると思えるあの美しき白いキリストの魂をもった人物」だったとまで讃えているのだ。……

そこでその「社会主義下における人間」だが、かつては社会主義、あるいは無政府主義文献として、一応必ず挙げられたものである。大正三年というから、もう六十年近くも昔の話になるが、後年の首相、当時はまだ京大生だった公爵家の御曹司近衛文麿が一読して感激、訳出して例の同人雑誌『新思潮』にのせたまではよいが、見事発禁をくらったというのも、このワイルドの一篇だったのだ。

このエッセイというのは、一言でいえば、彼の唯美主義、いわゆる芸術のための芸術主義と、そしてクロポトキン流のアナーキズムとが、完全に政策結婚させられたものといってよい。「真の目的は、もはや貧困ということが不可能になるように、社会を改造することである」だとか、「権力主義的社会主義が非であることは明瞭だ」とか、私有財産制を絶対に否定して、富者による慈善をすら不道徳《インモラル》として攻撃するなど、それだけを見れば、たしかに見事なアナーキズムである。が、つづいてそのあとを読むと、要するにそれは、ただ芸術家の自由を保障するためだけの利己的個人主義にすぎぬ。たとえばフローベルの個人主義などとも、ほとんど選ぶところはないことになる。同じ私有財産制の絶対否定でも、たとえばトルストイのアナーキズムなどとはおよそちがう、反社会的社会主義とでもいわねばならぬ（おそらくクロポトキンにしても苦笑したにちがいない）。少し誇張していえば、ただ芸術家の身勝手気ままを、一応尤もらしい擬似アナーキズムの衣裳で包んだにすぎぬともいえようか。

そんなわけで、いま読んでみれば、まことに稚気に溢れたこの社会主義論は論外とするが、ただその行動からいえば、案外とむしろ実践運動の周辺に間接ながら関連しているのだから面白い。

（『英文学夜ばなし』新潮社、一九七一年）

表題に「イギリス文学とアナーキズム」としているが、中野氏の興味はそのテーマの正面からの内容ではなくて、「アナーキズムの卑俗面」と氏自らいうテロリズム的行動とイギリス文士との実践面での関連というところにある。これはまあ中野氏の一種図太い韜晦《とうかい》趣味とでもいうべきものであろう。

しかし私は、中野氏が「まことに稚気に溢れた」としているワイルドの社会主義論を「論外」とせず、論中のものとしようと考える。それが「ただ芸術家の身勝手気ままを、一応尤もらしい擬似アナーキズムの衣裳で包んだにすぎぬ」かどうか検討してみたいのである。

近頃いったいに、社会主義とは何かということをあらためて考えることはなくなっているようだ。社会主義政党であるとか日本社会党というものがある。何となく社会主義というのは自明であり常識化されている。あの中野氏だって、社会主義には賛成でその立場から政治行動をしているようだ。氏の理解する社会主義からするとワイルドの「社会主義」は幼稚きわまるものということになるのだろう。そういう社会主義、「良心的知識人」の了解事項となっている社会主義とはいったい何かということはあるが、それは別として(いや別にならないかもしれないが)、科学的社会主義としてのマルクス主義によって、社会主義の内容は一義的に与えられているという了解のされかたがあり、それ以外の枠で考えられることが少ないということはある。実際、マルクス主義の思想と実践を抜きにして今日社会主義を考えることは不可能である。これはいうまでもない。いうまでもないが、それを前提としてもなおかつ、社会主義というものをいわば素手で考え直す必要を私は強く感じているのである。マルクス主義以外の社会主義を見直せとか、六〇年代のいわゆる「文化叛乱」の中にあらわれた傾向(アナキズム的という人もいる)を注視せよとかいうのではない。場合によってはそれらのことも必要であろう。しかし、私がいうのはそれとは別のことである。

あるいはCommunismの訳語として、共産主義という言葉がある。意味は「財産の共有」ということであろう。だけれどもコミュニズムは財産共有主義ではむろんないだろう。産業共有主義か。いずれにせよ具合が悪い。今私は使いたくない言葉である。だから英語流にコミュニズムという。私がいう社会主義はこのコミュニズムと置き換えてもよい。区別する使用法を心得ないわけではないが、区別しない。

戦前、官憲に『昆虫の社会』という本まで押収されたという笑い話がある。しかし社会という言葉が国家と切り離された独立なものとして自立するについては、社会主義運動の結果といえるし、社会主義が「社会」を実現しようとする以上、その「社会」という言葉には一定の理念価値が含まれているわけで、右の挿話を笑い話にするのは、われわれの感覚の鈍磨を示し、逆にその言葉に敏感なのは官憲の神経の正常さを物語ることになる。そういえば、戦前の場合、共産主義という言葉も、資本主義社会の象徴的価値をもつ私有財産制の否定という、いわばスキャンダラスな強い意味を担っていたわけで、それにこめられたエネルギーは大きいものだった。無産者階級の立場から否定の精神が脈動していたと思う。しかし、今私がこの言葉を使わないということの理由は、これから考えようとしていることにふくまれているだろう。

2

素手の社会主義というようなことを言った。我ながらあまりいい表現とは思わない。しかしいわんとするところはおよそこんなことである。一方に理論があり、他方に民衆の自発性がある。この二つをいかにして結びつけるかが、いつも革命運動の重心であったといえるだろう。しかし、その「自発性」の内容ということになれば、当世風にいえば、爆発する欲望のエネルギー、そうでなくてもなにか抑圧されたエネルギーの一挙の解放と理解されることが多い。事実そういうものとしてあったし、そのエネルギーを「正しい」方向に導くことに事の正否がかかったということもたしかであろう。

だが私が考えたいのはその「内容」なかみである。無定形なエネルギーとしてではなく、それ自体像を結んでいるものとして、あるいは世界観、宇宙観の原像としてあるものである。というとなにかスタティックなものが予想されるが、むしろ想像力の働きといった方がよいかもしれない。だから手濡らさずでたちどころに自覚されるようなものではない。ある精神の行動が、行動の形式（その一部分が芸術と呼ばれるような）が必要である。人間と人間の関係、人間と物質の関係を絶えず再発見されるような世界がそこにあるはずだ。

こういうことをあえて問題とする理由の一つは、現代資本主義の文化支配が巧妙になり、欲望の底の底までが支配文化型に一方交通路を通して地ならしされてしまっているということである。ところが底の底の底には、まだ掻きとられていない、同時に意識化も不十分な自由を求める魂があると思う。それは本物の欲望とにせの欲望とを、本物の必要とにせの必要とを区別する能力として先ずわれわれの意識に現前する。さらにこの能力の有無によって本物の芸術とにせの芸術を区別できる。そしてまたここに芸術の本来の役割がある。……

いささか長い前置きになってしまった。というか少し先走りしてしまった気がするが、ここらでワイルドに戻らねばなるまい。

3

The Soul of Man under Socialism、中野氏がただ「人間」としているところは、ザ・ソウル・オヴ・マンとなっており、このソウルは何と訳してよいか今きめがたいが、ワイルドの用語例から見てかなり重要な言葉であり、このエッセイの主張と当然ながら密接な関係がある。

ところで、このエッセイ、手許の版では、三十五頁足らずのものだが、社会主義という言葉を使っての論議は、初めの三分の一位までしかない。後は芸術論、彼の言葉でいえばニュー・インディヴィデュアリズムの主張である。しかしこれがワイルドの社会主義のなかみなのであり、われわれにとって意味のあるところなのだから羊頭狗肉だというわけではない。しかし、社会主義の一般的理解においても標準的、水準的であり、その限りで特に「稚気に溢れ」ているわけでもない。「ソウシアリズムまたはコミュニズム、ないしそれを好むままに何と呼ぼうと、私有財産を公共の富に転換し、競争に変えるに協同《コオペレイション》をもってして、社会をあくまでも健康な有機的組織の本然に復せしめ、かつその社会《コミュニティ》の成員おのおのの物質的豊かさを保証するものである」。格別特異な意見でもない代わりに、社会主義理解の幼稚さを見出す根拠にもならぬ。となるとワイルド固有の部分が中野氏によって論外とされたものということになろうか。まあ中野氏がどうあれ、ワイルドの説くところを私流に読解してみよう。

ワイルドが社会主義の価値を認めるのは、それが一にも二にもインディヴィデュアリズム実現に繋がるからである。individualism を何と訳すか。個人主義と一応しておく。分割されざるもの。社会あるいは集団に対する単独者としての個人に重きをおいた意味ではない。むしろ総合のイメージだろう。個々人にひそむ宇宙総合力とでもいうべきものである。

先程引用した社会主義の定義めいたものの直ぐ次にこういっている。「それ〔社会主義〕は生《ライフ》に正しい基盤と正しい環境とを与えるだろう。しかし、生《ライフ》を最高の完成の形にまでいっぱいに発展させんがためには、これ以上の何かが必要である。その何かとはすなわち個人主義である」。私有財産制度の下でも、ある非常に限られた程度ではあるが、「個人主義」を発展させることが可能なかなりの人がいる。生活の為に働かずにすむか、自分に本当に適し、かつ快楽を与えてくれるような活動分野を選択することができる人々である。詩人、哲学者、科学者、教養人がそれである。この連中は少なくとも自己自身を実現した人間であり、全人間性がそこで部分的には自己実現している人間である。

他方、無産者はどうか。それには美徳が多々あり、それらは容易に認めることができるが、むしろ多く嘆かれるべきものである。慈善行為に感謝することのなかで、「個人主義」を発達させることはまったくない。むしろそれに感謝せず、不満で不逞で反逆的であることの方が無産者の正しいありかただ。あんな環境に不満を感じないとするなら、まったくの野獣に過ぎまい。不服従、不逞であることは人間のオリジナル・ヴァーチュー original virtue だという。この場合の方に「個人主義」実現のチャンスありとワイルドはいいたいのであろう。

社会主義下ではインディヴィデュアリズムはいかなる利益を受けるか。私有財産制度の下での「限定された個人主義」の限定されたゆえんは、色々あるが肝心なこととしてあると思うのは、それが「想像世界で実現された個人主義」imaginatively-realised Individualism であることだとワイルドはしているのではなかろうか。これを詩人の仕事としている。しかし、社会主義下で、それよりはるかに自由な、はるかに美しい、はるかに強烈なものになるとされる「個人主義」とは、それと異なるものだ。「想像世界で実現され」ているのではなく、現実に、実際に実現さるべきものなのである。しかもそれは、人類に遍く可能性として潜んでいるものだ。すなわち actual Individualism latent and potential in mankind generally である。

そういういわば民衆の中の「個人主義」の発現を聖書のマグダラのマリヤの挿話にワイルドは見ているようだ。

姦淫の現場を押えられた一人の女があった。その恋のいきさつは知られていないが、その恋は彼女にとってまことに重いものに違いなかった。なぜならイエスはこういったからだ。女の罪は許される。女が悔い改めたがゆえではない。女の恋がかくまで痛切で、驚嘆すべきものであったがためであると。後日、イエスの死の直前、饗宴に臨んだ折、その女が現われ高価な香水をイエスの髪に注いだ。イエスの友たちはその手を押し止めて、それは浪費だ、香水にかかる金は貧に悩む人々の救済や何かそうした慈善に使われるべきだと言った。イエスはこの意見に同じなかった。イエスはこう指摘したのである。人間の物質の諸要求は大かつ恒久的である。しかし人間の魂の要求はまたさらに大である。そしてある聖なる瞬間に固有の表現方法を選ぶことによって人間は自己の完成を遂げることもあろうと。

これは行為における、行為においてしか表現できない「個人主義」の一例であって、しばしば犯罪《クライム》として現われる。想像世界では芸術として現われる。民衆には犯罪、特権的エリートには芸術という「限定された個人主義」の発現領域があるとワイルドは考えているようだ。そしてこの犯罪と芸術の「弁証法的」統一を「社会主義下の人間の魂」と見ているのである（ワイルドの用語例では魂《ソウル》とは自意識と同義であり、それはさらに批評精神と同義であり、そしてまた自己表現《セルフ・リアライゼイション》の現場である）。

しかし、あたりまえながらワイルドは単純に芸術の否定などはしない。「個人主義」のもっとも白熱せる状態としての芸術は、白熱していることによって意味がある。「犯罪」を依然「犯罪」とせしめるような社会主義、専制主義的《オーソラティヴ》社会主義の下でなら、芸術は「限定された個人主義」として留まらねばならぬ。芸術がもっとも忌避すべきは、芸術の大衆化だという。その時の大衆は権威主義者だからだ。擬似民主主義も権威主義的社会主義も、この権威主義的大衆を基盤にしているのである。

専制者に三種ある。肉体を圧迫するもの、精神を圧迫するもの、そして肉体と精神とを等しく圧迫するものだ。第一を王侯《プリンス》という。第二を法王《ポープ》という。第三を大衆《ピープル》という。……大衆の権威なるものは、盲目、聾唖、醜怪、怪奇、悲惨、滑稽、大真面目で卑猥だ。芸術家は大衆とともに生きることは不可能である。すべての専制者は賄賂をつかう。しかし大衆は賄賂をつかい、かつ暴力をふるう。

ワイルドの権威主義的大衆に対する嫌悪はかくのごとしである。

芸術家はかかる大衆のためにけして迎合してはならぬ。しかし芸術家の孤高をいたずらに尊しとしているのではない。芸術の大衆化は絶対に拒否されるが、逆に大衆の芸術化こそが肝心要めのこととして主張されるのである。芸術化された大衆の魂がつまり「社会主義下の人間の魂」なのである。しかし今、芸術家がこの方向に踏み出さなければ、芸術家はその芸術を失うところまで来ているという危機感がワイルドの心の底にある。「イギリスにすぐれた詩が存続しえているのは、大衆が詩を読まず、したがってそれに影響を及ぼすことがないからだ」。しかし、今は逆に詩が大衆に影響を及ぼさねば、詩そのものが存立できぬという危機意識が実はワイルドにはあったと思う。にもかかわらず、大衆を芸術化する方途、詩が大衆に影響を与える途は、ワイルドには（そしてわれわれにも）つかむことができていない。ワイルドは自分の生涯の中で、そして自分自身の中で、芸術と犯罪を結びつけただけであった。だけであったが、そこにわれわれが今日いう芸術運動の原型があったとすら私はいいたいのである。学ぶべき原型が。

しかし、その方途の方向だけは明らかだ。人間の共感というものが奇妙に狭いとワイルドは批判する。「人間は生の全体《エンタイアティ》に対して共感すべきである」。「犯罪」への共感は、そこに現われた「生の全体性」に対してあるのであって、そうせざるを得ない悲惨に対する同情や暗い怨念に対する共感などであってはならない。その方が共感にリアリティがあり、深い所からのもののように感ずるとすれば、その感じ方が、唐突かも知れぬが、権威主義的なのであろう。

芸術家のみが部分的に実現している「個人主義」を、大衆すべてが、「犯罪」という形でなしに、そして部分的にでなしに実現できる社会構造を社会主義と考えているのである。芸術の想像世界の論理を絶えず現実世界に組み込む論理の質を、システムの結合関係が維持していなければ、社会主義とはいえないだろう。組織の自発性を保証する形式、たとえば民主主義を貫徹させねばならぬとすれば、その貫徹を支えるものは、芸術が提出しつづけるその自発性の内容だ。そして自発性の内容とはむろん大衆の想像力の自立した働きに他なるまい。というといささか観念的だが、今少しワイルド及びワイルド周辺の芸術実践に即して見なければならない。……

4

このエッセイをワイルドが発表したのは、一八九一年、ワイルド得意の時代であった。一八八〇年代から始まったイギリス社会主義復興は、九〇年代に入ってますます強まっていたから、知識人一般はこのワイルドの「社会主義宣言」にさしたる驚きを示したわけではなかったが、社交界でブリリアント・トーカーとしてのワイルドを享受していた貴婦人連にとって当然スキャンダルであった。むろんワイルドはこれを狙っていたわけだが、この狙いの重層性、かなりの厚味のある重層性に気づく必要がある。

いわゆる審美主義運動の隣りには、アーツ・アンド・クラフツ運動があった。様々な社会主義運動があった。そのすべてが交錯するところにウィリアム・モリスという大きな存在がいた。人が思う以上に、ワイルドはモリスの徒である。モリスの一部をラジカルに押しつめ、個人プレイにしてしまったところがあるが、しかし異端の芸術家の奇嬌で幼稚な思想などではない。ウォルター・クレインといったようなイラストレイター、シドニ・コッカレルのような印刷者、ノーマン・ショウのような建築家と同時代人であるのみならず、それらの芸術思想の中心部分の微妙な表現者であった。クロポトキンの影響？　クロポトキンにワイルドが会ったのは、モリスの紹介によってであった。クロポトキンのアナキズムと芸術至上主義の野合などという話は、モリスとクロポトキンの思想的関係をじっくり見てからでも遅くはあるまい。そしてまた、ワイルド自身の上記芸術運動総体への批評――これこそワイルド批評文学の精髄だが――も読まねばならぬと思う。しかし、また少し迂回してみよう。

5

建築評論家長谷川尭氏の著書『都市廻廊』（相模書房）は「あるいは建築の中世主義」と副題されているように、建築における近代主義批判の系譜を特に大正建築中心に生き生きと甦らせた良い書物で、全体についてもくわしく論評し、著者と紙上対話を大いに楽しみたいのであるが、今はその中での一つの興味深い説を紹介したい。

それは大正期の今和次郎氏の仕事の評価の中で、アール・ヌーヴォーとアナキズムとの対応関係を主張しているところである。前節で、オスカア・ワイルドとクロポトキンをいい加減な仕方で結びつけることに私は反対したが、その思想的関係を考えることに反対しているのではない。いい加減でなく考えようとしているのであるから、建築・デザイン上の世紀末芸術たるアール・ヌーヴォーとアナキズムの関係ということになれば、注目せざるを得ない。

「アール・ヌーヴォーは、このもったいぶった全体優先〔近代主義的建築の——引用者註〕に対する細部の蜂起であり、そのような装飾的細部は、あらゆる部分を執拗に齧り、全体の誇る量塊性を蚕食しつつ解放し、部分の連合による〈コミューン〉を実現しようとしていた、といえるかもしれない」と長谷川氏は書く。最近のエッセイ「部分の叛乱——建築の輪郭《シルエット》と細部《ディテイル》」（『美術手帖』一九七五年八月号）で、よりまとまった記述をしているので、それを引用しよう。

……アール・ヌーヴォーとは、アナキズムの思想のデザイン的表現であった、と私は考える。たとえば、歴史時間的な経過においても、アナキズムとアール・ヌーヴォーは、まったく符合している。……では、アナキズムの思想とアール・ヌーヴォーの意匠は、内容的な面でどこに一致点を持つのであろうか。簡単にいえば、……部分から全体へ、と向けた指向性はあった。アナキズムにとっての部分とは、個人的な市民の〈人生〉であり、この〈生〉が全体（たとえば国家とそれを管理する政府）への徹底した叛逆を企てた。アナキズムの活動母体としての個的〈生〉は、ルソーがいうように、社会契約によって保証されるのではなく、ゴッドウィン以来の、社会の根源は〈自然〉にあるという発想によって位置づけられる。〈生〉は〈自然〉を母体としながら、一切の外からの規制（つまり社会的輪郭）を脱して根源的な自由を希求する。ところでアール・ヌーヴォーの装飾的主題が、植物や動物をモティーフにすることによって、きわめて密接に自然にむすびついていたことはよく知られている。またアール・ヌーヴォーの曲線や曲面や曲塊の異様な舞踊について、しばしば自由《リベルテ》という形容が使われてもいた。それは、デザイン的な直接行動として、心理的な爆弾を私たちの内部に破裂させる。このように、意匠上の細部は自由かってに踊り出、時には細部がたがいに組み合わさってコミューンを形成する。アール・ヌーヴォーにもサンディカリスムがあったのだ。しかも、そうしたデザインの組合《サンディカ》は、管理を呼び出す生硬な全体を構成するのではなく、アナーキーな連合によって有機的総合体をむすぼうとするのである。

アール・ヌーヴォーの意味を建築の「全体主義」に対する「部分」の圧倒的な叛逆に見る観点にも共感するし、それとアナキズムとの類比も共鳴できる。部分の叛乱ととらえる以上、当然「装飾は建築の主要部分である」という「警句」をいったジョン・ラスキンが呼び出される。

ラスキンは十九世紀のヨーロッパの建築的理念を支配していた古典主義的な美学に対して、この言葉を楯に挑戦した。つまり古典主義につきまとっている「全体の輪郭→部分の処理」へのまさに古典的な手法のなかで（近代合理主義は、それをそのまま継承した）、いわば虐げられ、奴隷の位置に引きおろされた装飾的細部を、文字通り主客転倒して、装飾的部分を逆に中心に据えなおしたのだ。

しかし、というか右の引用の中にもすでに暗示されていることだが、ラスキンが「この言葉を楯に挑戦した」のは、「古典主義的美学」に対してだけではない。古典主義の延長＝近代合理主義という具合に簡単になるかどうかは別として、「古典主義的美学」の背後というか、それと連続する近代の文化空間、均質的な空間に対して、全く異質な空間を全面的に対置したのである。近代的空間の中に、異質な論理をもつ「島」をつくったのではない。全面的に対置したのである。

この全面性が実は今日もっとも必要かつ重要なのであるけれども、そのしかけを見抜くのはきわめて難しい。身につけるのはむろんもっと難しい。しかしこのしかけをあれこれあたって何とか見つけ出そうというのが、私のこのたどたどしい試みだといえばいえる。

細部から全体へという方法は、方法であると同時に徹底して趣味なのである。趣味ということばが何となくヤワに聞えるが、かまわない。敢て使う。これは予想としてだけいうのだが、近代批判の全体性は趣味をおいて以外ないと私は信じている。全体性を持たねば、どんな批判も、狂気も、歪んだ空間も、怨念の突出も、思想の闇の追求も、表面を滑走する火炎の車も、何もかも、すでにしたたかな運動体となっていて、その見透しもなかなかきかない近代＝現代空間は飲み込んでしまうだろうから。

ともあれ、ラスキンの細部から全体へという方法＝趣味は、人間がこの世界で、自然に対したり、人間に対したり、してきたこと、することすべてに徹底して及ぼされる。だから建築の問題から、それを支える労働の構造の問題へは、するすると滑らかに進むわけではないが、必ず進んで行く。ウィリアム・モリスが受け取ったのはこの全体性であり、それを自分の時代、状況の中で発展させたのだというと、その継承のダイナミックなポイントが見えないが、一先ずそう言っておこう。

アール・ヌーヴォーのデザイン上の特質も、モリスのデザインの延長といえば延長であり、思想とデザイン実作の両面（といっても当然ながらある一つのものの両面だが）を受け継いでいるわけだ。アール・ヌーヴォーとアナキズムとの対応ということも、そのこととの当然の反映である。

とすると、アール・ヌーヴォーとアナキズムの対応ないし関係を問題にする視線は、ラスキンと「アナキズム」、モリスと「アナキズム」との関係にも注がれねばならぬ。「アナキズム」と言ったが、歴史の実際に即して考える時、その称呼と実態を無視する必要はない、どころかむしろ逆だろうが、われわれの関心、つまり総体的全体的近代批判の根拠の模索をアイウエオから行おうという関心からすれば、古風に社会主義といった方がよいだろう。先の引用で特に注目したいのは、「アナーキーな連合によった有機的総合体」ということばである。ここで長谷川堯氏自身、「部分の叛乱」とその文章タイトルにまでした観念を、むしろ「細部の連合」とでもいうべきところまで発展させているのである。アナキズムと一口でいっても色々あろうけれども、しかし今、何が純粋アナキズムで、何がサンジカリスムで、何がアナキスト・サンジカリスムか、何がコミュニスト・アナキズムかなどとは問う必要はないだろう。長谷川氏がいっているのはどれかを問う必要はないというのである。しかし「連合」ということばには私は注目する。つまりこれが社会主義についての基本感覚を示しているからだ。

アール・ヌーヴォーがフランス流にアナルコ・サンジカリスム風で、「野暮」なアーツ・アンド・クラフツ運動はイギリスのギルド社会主義風だということはあるかもしれぬ。しかし私は、モリスのように後年、マルクス主義運動に入っていった人をふくめて、ラスキン、モリスからワイルドも、バーナード・ショウ（フェビアニズムで片付けないで）も、アール・ヌーヴォーも、アーツ・アンド・クラフツも、それらの人、運動が生の全体像をどれだけ全体的につかんでいるか、表現しているか、実現しようとしているかを見直すことで、社会主義というものを考え直す手がかりになるだろうと思っている。考え直すといっても社会主義の新しい全体系を構築しようなどということではない。既成の社会主義はすべて駄目だなどとわめくことではない。

私は「趣味の思想化」というようなことを考えているだけである。社会主義の感覚的基礎などといってみる。ゆっくり、まわりくどくやるよりしかたない。

6

趣味と思想は、凡人から見て正反対に見える位離れているのがいい。少なくともそういう場合がある。しかし問題は趣味と思想の統一ではなく、趣味を方法としての思想の構築である以上、「離れ」て見えるのは、実はわれわれが、一定の思想には一定の趣味を予想する鈍磨な神経しかもっていないことの証拠である。

だから趣味の方法化ということは、趣味を正面から立てるばかりが能ではない。むしろそのことはそれだけで一人歩きできるものではない。逆に無意識的に思想にぴたり張りついている趣味を引き剝がす作業と同時にしかできぬことである。思想に無意識的に張りついた趣味とは、モダンな分析哲学者が浪花節が好きだなどということではない。女性解放論者の男が家では亭主関白だなどということではない。それらを矛盾だと感ずる感じ方がその思想なるものに張りついた趣味なのだ。浪花節好きなどというのは実はイデオロギーで哲学の方が趣味なのである。

好きとか嫌いとか、人々は個性の証しとばかり口々にいうが、私からいわせればことごとくイデオロギーである。五感の一番感度の鈍いところに焦点を合わせたイデオロギーである。逆に知性の働きと見える思想なるものは趣味である。

流行の思想にかぶれるとかいうこともあるが、私が言うのはそのレヴェルではない。思想がおのれと矛盾する趣味を同居させるなどと感ずることがすでにおのれの趣味たることを白状しているのだ。しかしこれが間違っているというのではない。そのことの意識化、これが肝心ではなかろうかというのである。

II

「レッド・ハウス」異聞

フィリップ・ウェッブとモリス

1

私が「レッド・ハウス」を訪れたのは、一九七四年の二月だったと思う。ロンドンから南へ約一〇マイル、ケント州ベックスリ・ヒースの地を踏むと、写真で見馴れたその建物の姿を目にする前に、六十年以上も昔、ここを訪ねたであろう一日本人青年のことが、どうしても思い出された。その青年とはのちの陶芸家富本憲吉である。おそらく一九〇九年頃のことだろう。当時富本は東京美術学校で建築および室内装飾を学んでいたが、卒業制作をはやめに完成し、イギリスに留学していたのである。目的は、ホイッスラーの作品やウィリアム・モリスの仕事を観ることと、また現地において西洋建築の実際に触れてみることであったという。

この時期、日本でのモリス関心はどうであったろう。ラファエル前派の詩については明治二十年代から流行ってきているが、その美術や芸術運動の意味は、岡倉天心などにはいちはやくその核心がとらえられていたようだが、一九〇〇年前後、岩村透がそのラファエル前派についてのみならず、ラスキンについて、ホイッスラーについて、またアール・ヌーヴォーについて論じ、十九世紀イギリス中葉以降の一種の芸術ルネサンス運動の全体的な理解が示されるまでは、断片的なそれにとどまっていたようだ。その岩村でも、モリスについてのまとまった記述は、一九一五年（大正四年）の「ウィリアム・モリスと趣味的社会主義」（『美術と社会』）が初めてである。富本が渡英する一九〇八年以前では、社会主義者としての、あるいは詩人としてのモリスについての紹介はあっても装飾芸術家としてのモリスはほとんど知られていなかった。

しかし岩村は、一九〇二年より十三年間、東京美術学校教授として美術史、建築史を講じていたのだから、先の発表された議論の対象から見て、当然モリスの思想と運動について、しかもあやまたぬ文脈において紹介していたに違いない。富本が岩村からモリスについての知識と興味を植えつけられたという事実はほぼ間違いないことと思われるが、今そのことの意味は問わぬ。

岩村は欧米生活、外遊数次にわたり、イギリスの地にもしばしば足を踏み入れているが、はやくからラスキンの影響を受け、ヴェネチアに行ってもアルプスを見ても、みなラスキンとの関連が想起され、文章が綴られているくらいだから、そこではラスキンの旧居を伺い、ラスキン博物館に行ったりしている。そんなことからモリスの装飾芸術作品に触れる機会は十分あったと考えられる。そしてそれが日本人として初めてのことになるだろう。しかし、富本が自分の創作領域の勉強課題としてモリスを選んでそれを実行したということは、日本人として最初であったとい

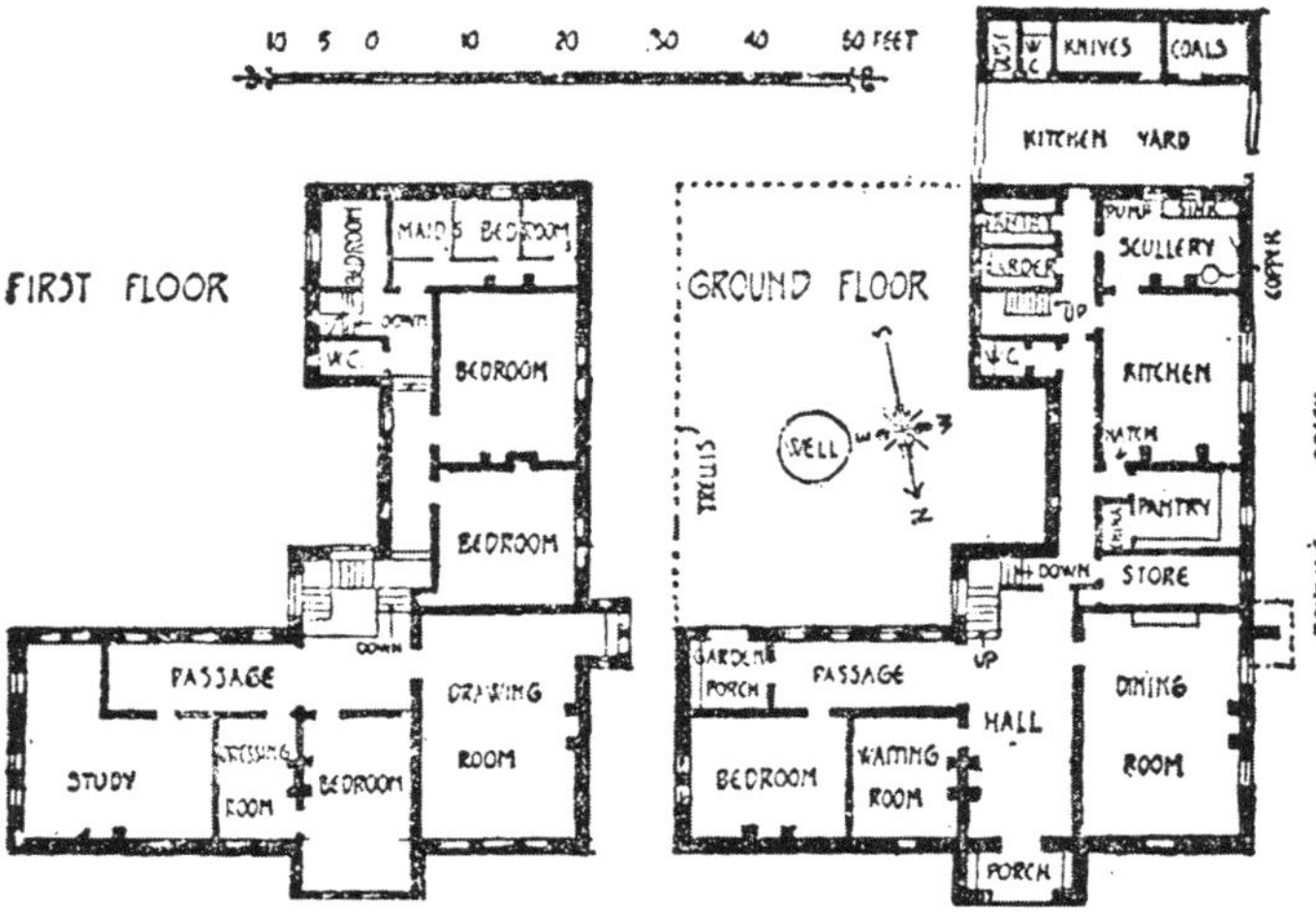

レッド・ハウス南面外観（撮影・川端康雄）と平面図

える。

富本は一九一一年（二十五歳）に帰国するが、[1] 翌年、『美術新報』二、三月号に「ウイリアム・モリスの話」（上・下）を発表した。これは日本でモリスの装飾芸術の実際に即して書かれた最初の、そしてその後も書かれることの少ない文章であった。そしてそのなかで「レッド・ハウス」についての記述が興味深いのである。

「〔モリスが〕初めて持つた家を『レッド・ハウス』と申しまして、ベックスレー・ヘースに近いアプトンと言ふ田舎にありました。此の家の設計や施工の見張は友達のフイリップ・ウエッブと言ふ建築家がやりましたが、大体の意見は勿論モリスが案出したものであります。……赤煉瓦を美術的な見地から住宅建築に応用した最初の例として最も貴重なものと考へます。絵の様な複雑な形の組合せをやつた此の建物のエレベエションが当時一般に使はれて居りました拙悪な四角いマッチ箱の様なものに比べて、非常に立派な別段な面白みがあるものと言はねばなりません。誰れもコウ言ふ事を心付かぬ時代に、只美しい良いものを造ると言ふだけの目的だけを見あてに今迄の悪い習慣を打ち破つてやつた勇気と、自分を信用して居た点だけでも実に感服の外ありません」と書き、さらに「此の家の外観と室内の有様を、此処で書き現す事は困難な事ですが、大略次ぎの様に書くより外仕方ないと考へます。下手な私の書き振りが尊敬す可きレッド・ハウスの偉大な事を充分に言ひ現す事が出来ないのを恥ぢます」といって、次に括弧を入れて、文体も変えた記述が続く。いささか長いがあえて全文引用しよう。

大きい重い瓦の屋根、赤煉瓦の厚ら見える壁四角い窓、低い大きい出入口、大きい重い戸、等を使つた家が、古い果樹や種々な草花をうまく取り合はした庭に囲まれてドッシリと建つて居る。先づ見た処一幅の良い絵の前に立つた時と同じ様に整つた、良くバランスの取れた感じをあたへる。入口を入ると普通の家と同じ様に一度狭つた廊下の様な玄関から直ぐに広間に続く。其処に赤い煉瓦を敷いた上に重い樫の大きい机を置いてある。其れを越えて見える炉の飾りは広い全室を押さへる様にシマリを付けて居る。入口の直ぐ左りにある階段の横に古代趣味を見せた無地の硝子を張つた木製の衝立を置いてあつて、之れが広間と玄関とを区分する用をして居る。其所から庭に出る戸の横に二つの窓があつて一方に『愛』一方に『運命』と言ふステインド・グラスを入れてある。広間に這入る最も近い処に下部が腰かけの形で上が飾り棚のようになつたものを置いてあつて、それに使つた二枚の戸に油絵でやつた人物室があつて、内面に金地に黒の新らしい趣味ある模様を付けてある。此の飾り棚の直ぐ向ふが食堂、実はリヴイング・ルウムの入口になつて居る。之れは広間と平行した細長い室が入口に面した壁の中央にフアイヤ・プレースがあつて、全部煉瓦で出来て居る。普通のものの様に屋根の形をしたものがたき口の上に出て居ずに持出した煉瓦が真直に天井へぬけて居る。此の室の長椅子や飾り棚もコツたものであるが、特に椅子は飾りの無い背板に坐る処がラッシュで編むだものである。今我々が面白いと考へ、又到る処の新らしい室に応用されて居る簡単なラッシュで編むだ椅子は、モリスが此処に使つた例から広まつたと言はれている。壁は淡い彩のテムペラ、天井も線を持上げた漆喰に彩を使つたもので一寸派手だが周囲をこはさぬ面白い調子に出来て居る。樫の広い階段を上ると食堂の上の処が客室で、此室は天井を張らずに直ぐ屋根裏を見せたもので炉は開放しの簡単な強い形を採用して居る。それに続いて出窓の様なアルコーブが取つてある。照し主としての明りは入口に面した大きい窓から取る事になつて居る。此の室の中で最も重要な部分は書棚であつて大きさは一方の壁面全体をふさぐ程で高い処に達する為に梢で小さい梯子を備へつけてある。寝室の最も主な室の壁にセル地に刺繍した立派な幕をかけてある。有名な衣服棚（ワードローブ）も此の室に置かれたものでバアンジヨンスがモリスの婚礼の御祝ひに自分の絵をそれにかいて飾つたものである。モリスも戸の内部に模様をつけて居る。

この家が計画されたのはそれより前だが、実際デザインされたのは一八五九年、モリスがその四月に結婚した年である。完成したのは翌六〇年。富本のここへの訪問はおそらく一九〇九年前後であろうから丁度半世紀経ている。私のはさらにそれから六十五年ほど間があいてからである。

2

モリスが学生時代、建築家を志して、当時オックスフォードに事務所を開いていたゴシック・

リヴァイヴァルの有数の建築家G・E・ストリートの門に入った時、フィリップ・ウェッブはその主任助手であった。一八五六年。モリスはウェッブから設計図などの初歩の手ほどきを受けた。約一年後にはモリスはその志望を捨てそこを離れるのだが、モリスとウェッブの友情は終生変わらなかった。この優れた建築家——どのように優れているかがこの文章の一つのテーマでもあるのだが——を親友に持ち得たことはモリスにとって、どんなに幸福なことだったかわからない。G・E・ストリートの門を離れて、前からの今一人の親友バーン＝ジョーンズがすでに入っている画業の修練に、今度はD・G・ロセッティの門下になる。やがてこれも捨てることになり、そのようなジグザグの道を辿ってやっと、フラット・デザインの世界に自己の才能を発見して行くのだが、しかし、建築と絵画の世界で、むしろモリスの行きづまりを自覚させるのにもっとも大きな役割を果したかも知れないウェッブとバーン＝ジョーンズの二人を親友としたことは、モリスの装飾芸術家としての思想と実行の規模をずいぶん大きくしたと思われる。

ウェッブは、のちに〈モリス・アンド・カンパニイ〉が発足してからは、家具、ガラス具、金属細工、装身具、刺繡などの責任デザイナーとなった。モリスの苦手な三次元的デザインのすべてと、刺繡やステンド・グラスなども手がけた。モリスの最初期の壁紙のデザイン「格子《トレリス》」などは鳥の部分はウェッブが画いている。というより、グループ全体にとって「動物」デザイナーだった。建築家が内装全般のデザインを手がけるなどということは当り前で、モリスの前後を考えても、ゴシック・リヴァイヴァルの大立物A・W・N・ピュージンの場合、建物の外部のみならず内部の細部においてもゴシックでなければならないのであるから、内装のデザインが重視されるのはまた当然だろう。モリスとはすこし異なり、より産業に適応する道を歩み、近代デザイナーの職能独立の第一歩を踏み出したオーウェン・ジョーンズやクリストファ・ドレッサーだって建築家だった。そしてモリスの後継者というべき、マックマードウ、ヴォイジ、マッキントッシュといった面々は、まずもってモリスのフラット・デザインの展開者（思想の後継者でむろんあっても）という側面が重要なわけだが、皆揃って建築家である。弟子筋の大物ではウォルター・クレインが例外なくらいだろう。

しかしモリスは「建築家」ではなかった。彼は自分の仕事を平面デザインに限定した。建築家ウェッブと画家バーン＝ジョーンズにそれぞれの世界においてかなわなかったからか。そうともいえる。だがモリスの「装飾芸術」とはむろん平面デザインに限ったことではない。それどころか「建築」とイコールだろう。画家にも建築の仕事にたずさわらせる、そのことによって芸術の本義を取戻させるというのが、〈モリス・アンド・カンパニイ〉の狙いの基本の一つであろう。そして「建築」にもまた本来の意味を取戻させようということでもある。「建築」とは、やはり具体的な建物のすべて、構造、外観の形式、外装、内装すべてを設計し、デザインし、そして具体的にそれを建てることであろう。「近代建築」が構造＝形式という方向に進むと同時に、「インテリア・デザイン」といったものが自立してくる。モリスはこの傾向を先取りしたものであろうか。いや、まったく違うのである。

「建築家」ウェッブ、「画家」バーン＝ジョーンズを友人として持ったことがモリスにとって幸福なことだと言った。しかしそれはモリスの足らぬところを友人たちが補ってくれるからという意味だろうか。事実上そういうことはある。だが、モリスが「建築家」でも「画家」でもない、あるいはなり得なかったということは、モリスの思想そのものではないだろうか。

　モリスにとっての「建築」概念はこの世で建築物を建てることではなかった。建築＝装飾芸術だとするなら、モリスの実践した装飾芸術こそが「建築」ということになるか。いなである。その「装飾」は実はモリスの考える「芸術」になっていない。それは「建築の理想」を絵に画いたものに過ぎない。そしてそれしか仕方がなかったのである。ウェッブはバーン＝ジョーンズと異なり、このモリスの理想を共有していたと思う。しかし不幸にもウェッブは「建築家」であった。建築物を建てねばならぬ。モリスがおのれの仕事をフラット・デザインに限定したように、ウェッブは住宅建築に自らを限定した。ウェッブの建てた住宅は、やむを得ず住宅ではあるが、そして住宅としてほぼ完全ではあるが故に、モリスにとっての壁紙やチンツ（プリント地）と同じ役割、意味を持つものとしてあったはずだ。

　ウェッブの孤独とモリスの孤独は無限に近接していたと思う。

「レッド・ハウス」はウェッブがモリスのために最初に建てた住宅だ。最初にというのはウェッブが建築家として一本立になった最初という意味である。二十九歳であった。モリスは二十六歳である。ウェッブは設計し、内部装飾もした。しかしロセッティやバーン＝ジョーンズはそれに参加した。新妻の妹も刺繍によってそれに加わった。モリス自身もむろん。こういう協同作業（実はこれが最初ではなく、ロセッティ中心に、オックスフォード大学の建物の内装やロンドンの仮住まいにおいても経験ずみのことではあるが）が、モリス建築事務所ならぬモリス装飾芸術事務所たる〈モリス・アンド・カンパニイ〉を生み出した直接の母胎であるとされているし、事実そうであろう（ところでこのカンパニイはしばしばモリス商会とされているが、この影響下で生まれた芸術家＝職人集団は、みなギルド、ステューディオ、アトリエ、ヴェルクブントなどと自らを呼ぶ。しかしモリス・グループのカンパニイは一つはやはり「会社」であり、同時に「結社」であった。資本主義的利益追求団体であることを自認し、かつ創造グループであることの矛盾を自覚していることを示すように思われ、後のアーツ・アンド・クラフツ運動のギルドなんかより、自然でいさぎよいのかもしれない）。

しかし建物そのものを先ず私は見たい。前に述べた理由からである。ウェッブの作品としてである。クライアントとしてのモリスの意向はむろん反映しているだろうが、ウェッブの建築としてである。同時にモリスの唯一の建築だともいえるのであるが。それはモリスの意見が大量に採り入れられていたり、内装を好きなようにしたという理由ではないということはもうわかってもらえるだろうから繰返さない。

この建物は長い間イギリス住宅建築史上の里程標といわれてきた。なぜならまずそれは、当代のアカデミックな過去の歴史様式の模倣に対する反乱であり、かつ伝統的な材料の正直な使用にもとづくからであるという。具体的にいえば、たとえば、漆喰の外塗りなしで赤煉瓦をむき出しに使っている点(「レッド・ハウス」という名の由来だ)、内から外へ《インサイド・アウト》のプランニング、つまり正面《ファサード》への考慮を二の次ぎとし、内部構造を率直に示している点などであろう(ペヴズナー)。しかし、この家の「革命性」を疑う論義はいくらでもある。バターフィールドと師であるストリートが一八五〇年代初期に村の学校や牧師館のためにつくり出していた世俗的な煉瓦ゴシック・スタイルの幸福な一例に過ぎない、あるいはそこからのほんの一歩の前進に過ぎない。ウェッブのノート・ブックにはバターフィールドの建築のスケッチがいっぱいあったというのである。広々とした赤いタイルの寄棟屋根、上げ下げ窓《サッシュ・ウィンドウ》、背の高いゆるい傾斜のついた炉胸《チムニー・ブレスト》、これらはみなこれら両師から由来しないものはないというのである。

それならばと私は思う、バターフィールド、ストリート、ウェッブと続く「世俗的ゴシック・スタイル」なるものの意味、あるとすれば「革命性」が問われなければならない。だから別な人、たとえばロバート・F・ジョーダンが、「レッド・ハウスについて、もっとも重要なことは、それがいかにゴシック的であったかではなく(一、二の尖頭アーチがあるだけでそれ以上はない)、いかに反ゴシック的であったかということである」というのは、右のコンテキストにおけばよくわかる。この論者がゴシックといっているのは、たとえばピュージンが一世代前、ランカシャに建ていた邸宅《マンション》のように、ゴシック教会建築の細部——小尖塔《ピナクル》、窓の縦仕切り《マリヨン》、狭間飾り《トレイサリ》等々——でいっぱいの建物を指しているのである。これらは中世の民家がまったく知らないものだろう。

中世の職人はサン・マルコやアミアンの大聖堂でだけ働いていたわけではない。それらの隣の村でもよく見かけられたはずである。バターフィールドやストリートは、教会建築のゴシック・リヴァイヴァルから、古いイギリスの忘れられた静かな、しかし輝く民家の伝統へ眼を向け始めたということなのである。ウェッブはこれを住宅建築とその内装デザインという一点に絞り込んだ。この発見の主眼は、地域土着建築《ヴァーナキュラー》のいわば「生命あふるる機能主義」ともいうべき性質にある。この再発見の実際の場は、コッツウォールド地方のライムストーンによる建築であった。モリスが後年愛して止まなかったオックスフォードシャの「ケルムスコット・マナ・ハウス」は、主要部分は十六世紀、追加部分は十七世紀というコッツウォールド・ストーンの農家である。ウェッブが赤煉瓦を使ったのはそれが土地の材料だからである。つまり、あまりいい石がないからである。コッツウォールド地方ならずとも、石のあるところならそこの石を使っていたろう。

その内部装飾についていえば、当時はこれはむしろロセッティ・グループの趣味が中心で、壁面のテムペラ画（未完成）、ドアや調度類の絵など、たしかに中世の宮殿のミニアチュアといわれても、しかたないところもあったと思う。しかしウェッブのデザインによる煖炉は、磨き煉瓦を縦横にうまく使って、見るからに気持ちよく、単純率直に「機能主義的」であるが、どこか優雅なほっそりした味わいがある。

そうだ。私はもう印象記を書く気はまったくないが、研究書などで読んでいた、簡朴、堅固ということもさりながら、二階の居間の屋根のむき出しの梁や桁が「意外に華奢だなあ」という思いがしたのが、全体の印象の要約になる。「ケルムスコット・マナ・ハウス」の石の壁はすべてバターといわれる縦勾配がついている。それは建物から硬直性を奪って、しなやかさを与えているのである。これと似た感覚が、ウェッブの煖炉その他にある。

ウェッブの英国民家伝統の受継ぎかたは、古風な民家スタイルの模倣ではなく、むしろ歴史上のさまざまな様式の折衷のようにさえいわれる。しかし、そうではなくて、ウェッブは英国民衆のさまざまな生活の姿態を内側から体感していて、時代場所の異なる個々の部分的様式の綜合で見事に全体の生命をよみがえらせてしまうのである。だから模倣では絶対に得られないしなやかさがそこにある。質朴と優美、堅固としなやかさとが気持のいいバランスで結びついている。

しかし優雅さとか洗練された機智とかだけいうならリチャード・ノーマン・ショウには及ばぬだろう。ショウはストリート事務所でウェッブの後の助手だったが、ウェッブとともに、イギリス住宅復興《ドメスティック・リヴァイヴァル》の大立物とされている。しかし、ショウの方がはるかに一般の人気が高く、大成功を収めた人物で、ウェッブより軽やかで多作で広く影響力があり、門弟三千というような具合であった。それに比してウェッブは有名でなく寡作であり、作風が堅いと見られていたが、その影響力は非常に深いところで発揮されたのである。ウェッブは「イギリス建築全体にというよりむしろ、次の世代のもっとも創造力ある独創的才能に多くの影響を与えた」（ヘンリ＝ラッセル・ヒッチコック）。

ウェッブは弟子というものを持たなかった。自分の仕事が評判になることを嫌った。それどころか、ロイヤル・アカデミイの会員になることを最後まで拒んだ。どんな建築家の職能団体の会員にもならなかった。つまり「建築家」というプロフェッションを自ら否定していたのである。わずかに許したのは、王立衛生学会とモリス創設の古建築保護協会の会員だけであった。

岩村透は第四次の外遊後、一九一六年東京美術学校教授を解職になった。富本の「ウイリアム・モリスの話」には社会主義の「社」の字もない。後年の述懐では、それをしたら、到底芸術作家活動を出来なかったろうという。しかし、富本がなぜ陶芸家になっていったかということは、このことと無関係ではあるまい。アーツ・アンド・クラフツ運動はモリスを矮小化した。リーチはさらに狭いいわゆるステューディオ・ポッター（一品制作を目指す個人工房の陶芸家）の世界に閉じ込めた。楽天的に、無意識に。だが富本の陶芸作家としての自己限定に、むしろ民芸作家と距離をおいて、個人陶芸作家としての自己限定に、私は何かウェッブの「孤独」に通ずる「闕《けっ》語《ご》」を感ずるのである。そうだ、最後に一言、モリスは終生、ウェッブの建築については口をつぐんだ。

参考書目

富本憲吉「ウイリアム・モリスの話」上・下、『美術新報』一九一二〔明治四十五〕年二、三月号、画報社。

岩村透「美術と社会」、宮川透編『芸苑雑稿他』平凡社、一九七一年。
W. R. Lethaby, *Philip Webb and his Works*, Oxford University Press, 1935.
Mark Girouard, "Red House", *Country Life*, Nov. 19th, 1904.
Henry-Russell Hitchcock, *The Pelican History of Art, Architecture: 19th and 20th Centuries*, 1958.
John Brandon-Jones, "Philip Webb", *Victorian Architecture* ed. by P. Ferriday, Jonathan Cape, 1963.

編者注

〔1〕 富本憲吉（一八八六—一九六三年）がロンドンから帰国の途についたのは一九一〇年四月末、神戸港到着は六月中旬のことだった。

ミドルトン・チェイニイのモリス・ウィンドウ

1

ミドルトン・チェイニイMiddleton Chaneyに出かけたのは、ひたすらモリス・グラスを見るためだけのことであって、こういうことは初めてであった。オックスフォードではむろん、たとえばバーミンガムでもその大聖堂で、またウェイルズではランダフLandaffの大聖堂でも、思いがけずにモリス・グラスにお目にかかるということはあった。イギリス全土にわたって意外に沢山使われているのだなというおぼろ気な感じがした程度であっても。しかし、ケンブリッジの場合は違った。ピーターハウス・ホール、ジーザス・コレッジ・チャペル、オール・セインツ・チャーチなど、その装飾計画《デコラティヴ・スキーム》自体をモリス・サークルが請負っているので、見て歩いたが、そこで特に目についたのはステンド・グラスであった。

ピーターハウスというのは、正しくはセント・ピーターズ・コレッジというケンブリッジ最古のコレッジ（一二八一年設立）であるが、そのホールが一八二〇年の遺構は保持されたまま、一八六八―七一年に大改修された。その修復計画も〈モリス・マーシャル・フォークナー・アンド・カンパニイ〉が引受けたということである。教会の祭壇うらのいわば正面の「東窓」に当る大きな「張出し窓《ベイ・ウィンドウ》」は、一層九枚の窓《ライト》が三層あって、二十七枚、最上部は飾り窓《トレイサリ》がさらにのっかっているものだが、中層の九枚だけが、ホメーロスだの、アリストテレスだの、キケロだの、ロジャー・ベイコンなどの人物像でフォード・マドックス・ブラウンの手になるものである。面白いのは、下層中央の一枚に、太い樹幹が画かれ、下層すべてと、上層及び飾り窓全体が、その樹幹から伸びた枝葉という構図である。つまり、そのベイ・ウィンドウ全体が一本の巨大な樹木であって、七つの人物像の背景をなしているのである。

そのグリーンの明るい深さも、単純で肉厚な葉型も、みなモリスのものだが、このように枝葉が過度に密集せず、隙間というか空間があいているのを「開いた葉飾り《オープン・フォリッジ》 open foliage」というそうである。非宗教的建築物でありながら、かくも広々とした爽やかな窓空間は、後にも先にも見たことがない。

ジーザス・コレッジ・チャペルでは、直ぐにそれとわかるバーン＝ジョーンズによる聖書の中の人物像とその背景というか上下（上は飾り窓）、葡萄と柘榴のある濃密な葉飾りがある。これもむろんモリスとわかる。古い修道院の結構そのままの回廊に接してある、このやはり古いチャペルにモリス・パタンが楽々と息づいているのを見るのはとても気持のいいものだ。

そうだ、思いがけないモリス・グラスの経験といえば忘れられないのがもう一つある。二度目のケルムスコット・マナ・ハウス訪問からちょっと足を伸ばして、近くのグレイト・コックスウェルという村にあるタイズ・バーンという十四世紀初めに造られた巨大な納屋を見に行った。モリスが「近寄り難い威厳をもって大聖堂のように美しい」といった建造物であるが、そこから、さらにバスコット・ハウスという、十八世紀に建てられた貴族の邸宅で今はナショナル・トラストつまり重要文化財の如きものになって公開されているところに向った。バーン＝ジョーンズの大作パネル画「眠れる王女」The Sleeping Princessなどを見るというのが目的の一つであったのだが。ところが途中で、まことに草深きところの古寺というべき、小さい教会があった。まわりに人家らしいものも見えないところである。モリスが愛していたとされるケルムスコット・マナ近辺の古い小さい寺を見るため、リトル・ファリンドンやバンプトンやラングフォードなどの村々を廻ったことがある位だから、目に入ったこの古寺もと思って車を停めてもらった。バスコット村Buscot, Berkshireのパリッシュ・チャーチ（教区教会）らしい。アーリイ・イングリッシュ様式か。わからない。実につましいものだ。しかし中に入って驚いた。窓のステンド・グラスはみなモリス・グラスではないか。内陣の東　窓《イースト・ウィンドウ》はふつうもっとも大きいものだが、ここではたった一枚の長い窓《ライト》にしか過ぎない。明らかにバーン＝ジョーンズの「善き羊飼い《グッド・シェパド》」（キリスト）である。背景は風景だ。南も北も西もみななつかしいモリス・ウィンドウである。珍しくカメラを取り出して、そのうちのいくつかを撮った。といってもスナップ写真と変らぬ撮り方であるが。

その一つを紹介すると、身廊《ネイヴ》南壁、もっとも西寄りのは、二つの窓《ライト》と飾り窓でできており、左が「大天使ガブリエル」Archangel Gabriel で、右は「聖母マリア」Mary Virgin である。背景は菱形透明ガラスで縁飾《ボーダー》りがある。人物はバーン＝ジョーンズである。後で知ったことだが、内陣《チャンセル》北壁には、モリスの弟子のヘンリ・ダールの手になるものがあるのだった。それぞれ物故者を記念して寄進されたものらしい。これも後で知ったことだが、その寄進者の中には、Alexander Henderson of Buscot Park というのがある（これらの「知識」の出所は後で触れる）。パークというのは、地方豪族の池あり森ありの広大な敷地の私園をいうので（公園という意味ではなく）、つまりバスコット・ハウスのことである。他にも **Henderson** 名が見られる。バスコット・ハウスの所有者ヘンダーソン家はバスコット寺の檀家総代という格なんだろうか。自分の邸宅をロセッティやバーン＝ジョーンズで飾ろうという人だから、在地の教会にモリス・グラスを使うのは当然であろう。

こんな経験が、コヴェントリに用事があって出掛ける時、ついでにミドルトン・チェイニイに寄ろうと思い立たせたのである。なるほどそれはオックスフォードとコヴェントリの中間だが、汽車はロンドンから直通でその間を走ってくれているわけではないから、結局大分遠廻りにはなったのだが。

何故ミドルトン・チェイニイかというと、ポール・トムスンの『ウィリアム・モリスの仕事』の付録に地名辞典《ガゼッチア》があって、これはモリスや、モリス関係の人の作品のイギリス全土にわたっての所在場所の案内なのだが（実に有難く重宝した）、そこにこの地名が特記してあったからである。またモリス・グラスのある教会建築等にはみな「重要なモリス・グラス」と書かれているのに、このミドルトン・チェイニイのオール・セインツ・チャーチには「モリスの特筆すべきコレクションがある」とあって、こういう注記のしかたは他にはないのである。

ノーサンプトンシャ、ミドルトン・チェイニイは、汽車をバンベリ Banbury で降りて東へ五キロの村である。しかしそこに着く前に今まで「モリス・グラス」と言ってきたものについて、少し寄り道してみたい。

2

モリス・グラスというのは、むろんモリス個人のデザインしたステンド・グラスではない。いわゆる〈モリス・ファーム〉The Morris Firm、つまり最初、一八六一年〈モリス・マーシャル・フォークナー・アンド・カンパニイ〉として出発し、一八七五年改組されて〈モリス・アンド・カンパニイ〉となったものの、その製品としてのステンド・グラスをいうのである。しかし、モリス・グラスと称されるには、もう少し別な理由があると思う。

ステンド・グラスというものはそれ自体高度に集団的あるいは共同製作的である。デザイナーの画いた下絵《カートゥーン》を実際にガラスに翻訳するためには実に色々な職種の職人が必要である。ステンド・グラスの場合どこまでをデザインというべきか難しいが、その段階ですでに共同作業がある。少なくとも〈モリス・ファーム〉では。例えばバーン＝ジョーンズが人物を画くと、モリスがその背景や縁飾りその他のパタン・ワークを画く。さらにバーン＝ジョーンズは下絵を白黒で画いて、色の指定はモリスにまかせた。また下絵における鉛の枠線《レッド・ライン》の書き入れは、初めは自分で画いていたが、後になるとこれもモリスにまかせた。色の問題と密接に関係があるからである。

バーン＝ジョーンズだけではなく、D・G・ロセッティやF・マドックス・ブラウンなども、たいていは人物や風景を画いたが、建築家のフィリップ・ウェッブは動物やら、ある種の飾りを画いた。層をなす人物像を区切る装飾的帯やそこに記される文字や紋章《ヘラルディー》等。モリスは従来いわれていたのとは違って、人物像もだいぶあるようだが、やはり本領は前述のようにパタン・ワークと背景であり、ウェッブと同じだが、モリスは特に様々な種類の葉飾りfoliageが得意であった。

面白いのはウェッブは初期はウィンドウ全体のプラン及びレイアウトを担当していたが、この役割は後になってモリスに取って代わられた。こうして見ると、モリスは下絵の段階では人物にも背景にも何も関係しない場合でも、鉛の枠線《レッディング》入れや、色の選択配置はまったくモリスだけの仕事であり、かなり早い時期から全体のレイアウトも担当するわけである。

自分をふくめてデザイナーたちの役割の分業化と、遂に配色《カラリング》におけるモリスによる完全なコントロールとが相俟って、〈モリス・ファーム〉のステンド・グラスはまさに「モリス・グラス」といわれるべき集団的個性をそなえることができたのである。

3

さて、その「色」というのが問題だ。色とガラスとの関係を考えなければならぬ。
ステンド・グラスとは、本来、ポット・メタル pot metal とイエロウ・ステンド・グラスの二つをいう。

メタルというのはガラス原料がポットで溶融して、液体状ガラスとなり、冷えてガラス吹き棒《ブロウ・パイプ》の先につけられる位になったものをいう。溶かす前、原料の中に色々な金属酸化物を入れれば色がつく。銅の酸化物なら赤、あるいはルビー、コバルトの酸化物なら藍、マグネシウムのそれなら紫、鉄のそれなら量と温度の加減で様々な緑から明るい黄色まで。だから色つきのものは、カラード・ポット・メタルというのが正確だろう。

ポット・メタルの系としてフラッシュト・グラス flashed glass というのがある。濃い色ガラス、たいていルビーだが、この薄いガラスを、他のガラス、ふつうは無色のガラスと合せて焼きつけたものをいう。通常の厚さでは色が濃くなり過ぎるのを防ぐためである。

これらはいわばステンド・グラスの歴史とともに古いものだが、十四世紀になって、無色ガラスに硝酸銀を入れて溶融して、純粋に透明な黄色のガラス、黄金色に輝くガラスを生み出し、従来の濁ったイエロウ・ポット・メタルに急速に取って代わった。これをイエロウ・ステンド・グラスといい、ここまでが本来のステンド・グラスである。

十六世紀中葉になると、エナメル・カラー enamel colours というのが登場してくる。従来の色ガラスを粉末にまで砕いて、油や樹脂などと混ぜ合せ、無色ガラスに塗り、炉で焼きつけるのである。これはステンド・グラスではなくて、ペインテッド・グラスということになる。このエナメル・カラーの導入によって、いわゆるステンド・グラスのデザインの原理は根本的に従来のと変わってしまった。

中世のステンド・グラスのデザインは、鉛の枠線《レッディング》で限られた純粋な色空間を単位として、いわばモザイク風にデザインの本体をつくり上げることを基本としている。濃淡をつけることと shading とか点彩 stippling は最小限にとどめるというより、意図的にそうする技術的余地がないわけである（もっとも、古いガラスは、厚味が一定せず、顔料にもむらがあり、ストリーキイ・グラス streaky glass といわれるものであるから、深味のある自然のニュアンスが得られてはいたのであるが）。ガラスの上に画くのでなくて、ガラスで画くということである。

ところが、エナメル・カラーの出現で、まさにガラスの上に画くということになったのである。キャンバスの代わりにガラスというに過ぎない。ますますデザインはリアリスティックになり、専門画家の手になるようになった。十八世紀にはこの傾向が大勢を占めるようになり、良いポット・メタルも入手困難になって、中世ステンド・グラスの技術はほとんど忘れかけられるに至ったのである。

ゴシック・リヴァイヴァルは中世のガラスに対する興味を呼び起したはずだが、その十分な知識はすぐには得られず、一八五〇年以降でも、ほとんど鉛枠を用いず大きなガラスにエナメル・カラーで絵画的なデザインをするというのが行われていた。逆にまったく幾何学的な色パタンのものが出現したのも、この絵画的方向に対する不満が原因であろう。

しかし、同時に少しずつ理解が進み、ロンドンの法律家チャールズ・ウィンストンの研究発表（一八四七年）によって、認識は画期的に進み、その影響下で歩み始めたガラス・メイカーやデザイナーたちの出現で、ステンド・グラスの一種のルネサンス現象が生じたのである。モリス・グラスもその新しい流れの成果であり、極致の一つでもあったのである。

4

ミドルトン・チェイニイのオール・セインツの、墓があちこちに林立する庭に立つ。さして大きくもない村の教会堂だが尖塔はすっくと伸びる。扶壁尖塔《パラペット・スパイヤ》というのであろうか、扶壁のある四角い塔の上に、八角尖塔が載っている。尖塔の底部は塔にオーヴァーラップせず、四角の内法の中に収まる。この様式はふつう十四、五世紀のものだとされる。塔の外壁と八角尖塔の底部が重なるのをブローチ・スパイヤ、文字通りいえば串型尖塔ということになるか。八角尖塔といわれているようだが。これはもっと古くて十三世紀頃のものという。ともにきわめてイギリス的なものである。

窓の狭間飾り tracery 様式から見て、イングリッシュ・ゴシックの第二期のいわゆるデコレイテッド（十三世紀末―十四世紀後半）に属するようだ。となると、この教会堂の建立はおおまかに言って十四世紀であろうか。

こんな想像はともかく、〈モリス・ファーム〉がこの窓の製作を委嘱され製作したのは一八六四―五年のことで、〈ファーム〉設立後未だ日の浅い頃だった。ゴシック・リヴァイヴァルの影響による古教会堂修復の波に乗ったものであろう。後年、モリスは古建築の「修復」に反対し、「保護」を称えて運動を起したのであったが、これは〈ファーム〉のステンド・グラス製作に微妙な問題を投げかけ、モリスは態度表明の小冊子を関係者に配布したりする。これはモリスのゴシック・リヴァイヴァルとの関係を考える上で重要なことであるが、また別の機会の話題としよう。

教会堂に入り、窓を見よう。先ず祭壇奥のイースト・ウィンドウである。それは、四つの主要な窓区切り lights と狭間飾りとでできており、その四つの窓《ライト》は水平線で三つの層に分かれる。各層の画題は横に連続している。そしてその連続性を強調するためにさまざまな工夫がこらされる。文字の画かれる帯状の部分が横に走り、時として各ライトの縁飾り《ボーダー》さえ破る。色調の統一性。それぞれ対かグループをなす人物像は窓の中心線に向いていて、あちこちで枠をなす縁飾り《ボーダー》を破って侵入している（ちなみにそれぞれの層の画題を言えば、一番上が、イスラエルの支族、真中が、アダムとノア、ダヴィデとイザヤ、聖ペテロと聖パウロ、聖アウグスティヌスと聖カタリナ、下段がアブラハムと

オール・セインツ教会の東窓全貌（撮影・川端康雄）

オール・セインツ教会東窓、下層右端「聖アグネスと聖アルバヌス」（撮影・川端康雄）。デザイン、制作W・モリス

同教会東窓、下層中央左手「イヴと聖母マリア」（撮影・川端康雄）。デザイン、製作W・モリス

モーゼ、イヴと聖母マリア、マグダラの聖マリアと聖ヨハネ、そして聖アグネスと聖アルバヌスがそれぞれ画かれてある）。とりわけ、各ライトの最上段に華々しくたなびくイスラエルの各支族の旗（フィリップ・ウェッブのデザイン）は、これまた縁飾り《ボーダー》をしばしば突き破り、生き生きとした動きの効果を与えているのである。水平的連続性の強調のみならず、垂直的な流れもうまく流れるように工夫されている。四本のメイン・ライツ main lights の形そのものによって、葉模様と王冠が交互に画かれる縁飾り《ボーダー》によって、そして上に行くに従って明るさを増す明暗度の配置によって、垂直に伸び上がる流れが強調される。こうして眼は全体の構図のクライマックスであり焦点である、最上部の四弁の花形装飾《カタフォイル》にまで導かれる。

これらのデザインは多くの人の手になるものであるが、この窓に限ってはバーン＝ジョーンズの出番は少なく、狭間飾りの頂部の四弁飾り《カタフォイル》の「神の小羊《アグヌス・ディ》」ぐらいらしい。シメオン・ソロモンという、他ではあまり参加することのない人のデザインがかなり多く、上層の「イスラエルの支族」、中層の「ダヴィデとイザヤ」、下層の「アブラハムとモーゼ」などはこの人のデザインだという。フォード・マドックス・ブラウンは中層の「アダムとノア」などを画くが、面白いのは同じ枠の「聖ペテロと聖パウロ」と「マグダラの聖マリアと聖ヨハネ」とでは、ウィリアム・モリスとそれぞれ一つずつ肖像を受持っていることだ。モリスは前者では聖ペテロを、後者ではマグダラの聖マリアを画いている。

モリスはまた、聖アウグスティヌスと聖カタリナ、イヴと聖母マリア、聖アグネスと聖アルバヌスを画いていて、肖像のかなりの割合を占めている。それに薄い青緑色の枝葉の――林檎、柘榴、オーク、薔薇などの果実をつけた枝葉の――背景はモリスの手になる。王冠と葉の交互のパタンの縁飾り《ボーダー》はフィリップ・ウェッブ。ウェッブはそれぞれのライトの最頂部の「イスラエルの支族」がそれぞれ手にもつ旗を画いている。

モリス・グループのステンド・グラスについて長年の地道な調査を、大部な研究書にまとめたチャールズ・シューターは、この窓を、すべてのイギリスのステンド・グラスの中でも、もっとも赫々《かくかく》たる達成の一つとまで称揚している。近代の作品にして、中世の作品と肩を並べることのできるものとしているわけである。同じ研究によれば、この窓の製作年代は一八六四―五年であるという。またこれと私の未見のオックスフォードシャのブロクサムにある聖マリア教会のイースト・ウィンドウとがモリス製作の第一期のクライマックスだとされる。後者はほとんどモリスとバーン＝ジョーンズとの合作である。前者は五人の芸術家の仕事を統合したモリスの手腕が特に評価されるだろう。

第一期というのは、〈モリス・ファーム〉設立の一八六一年から六九年まで、第二期は六九―七五年、第三期は七五―九八年、第四期というか、九八年以降すなわちモリス死後というように、シューター氏は分類している。

面白いのは、モリスのパタン・デザイン、特に壁紙デザインの分野で最初期（すなわち六〇年代でステンド・グラスの第一期と重なる）の格子《トレリス》、雛菊《デイジイ》、柘榴《ポムグラニット》模様のうち、後二者はこの時期のステンド・グラスのパタンと並行する特徴があることである。基本的には自然主義的であるが、構成はごく簡単で、交互にくる模様単位がなす列の繰返しの形に基づいていて、後のモリス・パタンの主要な特徴たる長い流れるような線は欠いている。これは当時モリスのデザイン上の主要関心たるステンド・グラスやタイルという表現媒体からくることであろう。つまりステンド・グラス用の菱形パタンやタイル用の単純なパタン単位が先行し、それに壁紙用のものも引きずられたということらしい。

　第二期以降はバーン＝ジョーンズの比重がたかまってゆき、第三期になると彼とモリスだけがステンド・グラス製作にたずさわり、バーン＝ジョーンズが肖像の下絵を、モリスが背景、総体の構成、色彩計画他を担当するという形になった。バーン＝ジョーンズの下絵はモリスの色彩的想像力を非常に刺戟し、書物芸術の場合と違ったコンビネイションの味があるといえるだろう。

　第二期は量的にも豊饒な時期で、モリスは特に「葉飾り背景《フォリッジ・バックグラウンド》」を発展させ、五つのタイプを生み出した。「くねった枝つきの、すきまのある葉飾り《オープン・フォリッジ》」（先述のピーターハウスのがこれ）、「薔薇垣」「ゴシック・ツリー」「渦巻き葉飾り」「果実や花を伴う密集した葉飾り《デンス・フォリッジ》」の五つである。これらはみな面白いが、詳述するのは今はやめよう。ともあれ、私の実見したものは、最初期と第二期の製作のうち文字通り共同製作の実をあげたもののなかに入っており、あるいはモリス・グラスはこれらにとどめをさすのではないだろうか。

　しかし、モリス・グラスが、ヴィクトリア朝におけるステンド・グラス復興のなかで、またもっと大きく言えば、ステンド・グラスの歴史の中でどのような位置ぐあいを占めるかを見るために、今一度あのウィンストンの研究にもどろう。

5

チャールズ・ウィンストン（一八一四―六四年）は長年、中世、ルネサンス、近世のガラスを研究し、友人のすすめで、一八四七年にそれらをまとめて刊行した。『一アマチュアによる、特にイングランドの古ガラスに見られる様式の差異についての研究（ガラス絵の原則に関する意見を付す）』（*An Inquiry into the Difference of Style Observable in Ancient Glass Paintings especially in England: with Hints on Glass Painting, by an Amateur*）という長たらしい題の本である。

この書物の第一の目的はステンド・グラスに史的様式的分類を施すことである。材質、人物像、葉模様、縁飾り、模様一般、紋章、銘、天蓋等の細部にわたって、初期イギリス式《アーリィ・イングリッシュ》、装飾式《デコレイテッド》、垂直式《パーペンディキュラー》とイギリス・ゴシック建築様式の定式化された発展段階、さらに一五〇〇年代《チンクチェント》、中間時代といった時代に応じたステンド・グラスの流れを詳述している。別巻は七十五点の多くの色つき図版。

次にウィンストンが説こうとしたことは、窓とそれがその一部を形づくる建築内装との関係であり、ふさわしい画題の選び方であり、特に重要なのは、彼が「ガラス絵の真の原則」と考えたことである。油彩や水彩と根本的に違うガラス画の表現法は、先ず鉛の枠線とサドル・バー（窓を石壁に嵌める時、窓の両側の石に内側に横に渡す細い鉄棒。横桟あるいは力棒というか。これに鉛枠やガラスの縁を銅線でしばって固定する）の重要性である。すでに述べたように、これは色ガラスのピースを単位とする「モザイク・システム」の描法を意味する。明り《ライト》とり窓はあくまでも澄んで明るくなくてはならぬ。十六世紀以降のステンド・グラスの大半がそうであるような、重々しい影をつけて重苦しくさせることを避けねばならぬという。

もっとも、実際は黒と茶と黄は当初からシェイディング（濃淡をつけること）に使われていたし、また十四世紀からは「つや消し法」や「点描法」といった新しい技法が生まれてきていたが、これは色の濃淡に微妙なニュアンスを与えるという方向である。

最初期のガラスのピースは比較的小さく、鉛枠の黒いパタンを背景として深く輝く宝石のモザイク状になり、色も限られているから、当然リアリズムは不可能であり、様式化され、手に特に重要な意味が与えられていた。背景立ても象徴化されており、家は町を、木は田園を意味していた。ところが中世後期になると、窓は次第に大きくなり、より多くの光りが求められるようになる。白い透明ガラスもより多く使われる。何より窓面積が段々大きくなってきて、鉛枠の量が少なくなってくる。色もくすんだイエロウ・ポット・メタルはイエロウ・ステイン（前述）に取って代わられる。

しかし、ウィンストンが、あくまでも澄んで明るい窓というのは、このような方向ではあるまい。

ゴシック・リヴァイヴァルの大立者A・W・ピュージンは、ウィンストンの本の出る前から、ポット・メタルを使い、モザイク・システムに従っていたという。一八二六年には、フラッシュト・ルビーも再発見され、様々な色のポット・メタルも再び使われ始めていた。十九世紀前半終りには、ウィンストンの原理はほぼ行きわたっていたのである。しかし問題は、ガラスの質であった。

近代ガラスの薄さ、滑らかさ、過度の透明度というものがかえって障害となるのである。だから、ガラスに白いエナメルの膜をかぶせて不透明に鈍くして、「古色」をつけたり、多量の靴墨を刷毛で掃いて、中世の窓を真似しようとしたりしたものもあった。

ウィンストンは、古代の色合は多くの場合再生されたが、古代の材質の質感はしからずという。つまり、古ガラスにおいては、厚味が不均整で、多くの筋や泡をふくみ、したがって色合いに多様な微妙な変化が生ずることになり、また近代ガラスに見らるべきもない、きらめき《スパークル》が生まれるのである。だから色の筋の位置や厚さの多様性が重要になるわけだ。

つまり半透明性と色の深さこそが近代ガラスでは得られぬということになり、ウィンストンが「澄んで明るい」clear and bright というのは、平板で均質な、陰影のまったくない光りとはまったく逆の、深く厚く半透明であるが故にこそ、文字通り輝く光りを指して言っているのであることを、理解しなければならないだろう。

6

ウィンストンの基本原則を実行しようにも、材質の制約はともかく、製法と技術を身につけた職人たちの存在がなくてはかなわぬ。十九世紀も四半分を過ぎた頃から、ガラス工房の数は増え始め、一八五一年の大博覧会には二十四の、六二年の博覧会には二十八の工房が出品している。モリスたちも、カッティング、ステイニング、エナメリング、エッチング、窯焼入れ、鉛はめ等々の技術にそれぞれ通暁した職人たちを自分らの工房に入れることができたからこそ、そのステンド・グラス製作が可能になったのである。

それから、材料としての色ガラス（ポット・メタル他）そのものの問題である。従来のポット・メタルにあきたりぬピュージンはシャルトルに使いをやって、そのステンド・グラスのいくつかのかけらを持ち来たせて、パウエル親子の経営するガラス・メーカーに試作させた結果、中世と同種の厚い筋入り《ストリーキイ》のガラスができた。これはパウエルのしばらく独占する技術だった。これあればこそ、モリスたちの仕事も可能になったのである。

モリスはこのパウエルのストックから、白と色のポット・メタルを選び、自分のところではイエロウ・ステインのみ行なった。淡いレモンから濃い銅色までいろいろな黄色が得られるから。青のポット・メタルに施せば、同じく様々な緑が得られる。

モリス・サークルがこうして、ヴィクトリア朝一般のステンド・グラスの発展の土台の上に、自分たちのガラス芸術を成立させていることは確かだが、彼らがそこにつけ加えたものは何か。

ウィンストンは中世教会堂のための窓を現在デザインする場合、とるべき態度は二つあるといっている。一つは近代芸術を採用すること、他は中世芸術を採用することといっている。前者は「人物像」の場合すすめられ、後者はパタン・ワークの時のみ良き忠告となる。ヴィクトリア朝ステンド・グラス・アーチスト一般は後者の途を選んだが、必ずしもパタン・ワークに自己限定せずにである。モリスとそのサークルはそれと正反対の方向、本質的にモダン・スタイルで仕事をすすめた。ということはむろん、たとえばルネサンスの人物描法をそのまま持ち込むなどということではあり得ない。肝心なのは、中世芸術の模倣ではなくて、中世の創造精神の復興である。ステンド・グラスの原理に忠実に、決して模倣でなく中世教会堂にふさわしい新しい人物像を画くということは至難のわざだ。ボッティチェリやマンテニャの影響の下で、その肉体性から脱却するというのが第一歩だったかも知れない。それにはキリスト教芸術の図像例の十分な蒐集と勉強が必要であったろう。ラファエル前派の象徴主義的リアリズムといった画風もここにつながってくる。プリミティズムの人工的な模倣でなく、肉体を通じて肉体を消去してゆき、ある抽象的神秘性に達するといった途筋をモリス・グループは歩んだように思われる。モリスの葉飾りにしてもそうだ。抽象性、平面性を少しもそこなわずに自然の豊かさは充分に伝えている。

もう一つ。モリス・サークルが当初からかなりの成功を収めた理由は、ステンド・グラス製作に内蔵する中世的分業と協業の形を彼ら自身が持っていたからである。モリス創作における分業と統合の問題は、モリスを考える上での最重要なことがらであると、ますます思うようになっているが、今はこのようにだけいっておこう。

参考書目

Paul Thompson, *The Work of William Morris*, Heinemann, 1967.

A. Charles Sewter, *The Stained Glass of William Morris and His Circle*, Yale University Press, 1974.

H. Read, John Baker, A. Lammer, *English Stained Glass*, Thames & Hudson, 1960.

L. Lee, G. Seddon, F. Stephens, *Stained Glass*, Mitchell Beazley, 1976.

L. Lee, *The Appreciation of Stained Glass*, Oxford University Press, 1977.

十九世紀の建築が歴史主義的折衷主義的であるのは、考えてみれば当然のことである。建築というものは、少くともその伝統的な観念では、その形式に永遠の価値を与え、都市の形態構造を形づくる安定した構成物であった。つまり、建築の形式と都市の形態とは有機的な連りが、あるいは対応があった。

ところが新しく生まれてきた都市群は産業都市であって、極端に言えば、技術的生産のための固有の場所であり、それ自身技術生産物である。

伝統的な建築概念にしがみつくとすれば、造形の決め手を失うのだから、あるいは幻想の根を、私的幻想と共同幻想とをわたす橋を失うのだから、浅い理由で歴史上の形式を借用することにならざるを得ない。

逆に、伝統的建築概念を捨て去るなら、建築は、自らを技術的生産の連鎖の環そのものにすることになる。いずれにせよ、有機的な都市形態構造は失われたわけである。

実際は第三の道が色々に試みられはした。たとえばゴシック・リヴァイヴァル。これとても最初は歴史様式の採用に他ならぬ。しかし、ピュージンやラスキンはその様式の発生地盤そのものの復活を説いた。ローマ・カトリックをいわば様式を支えるエートスとして主張したピュージンよりも、様式と生産組織の構造とを結びつけたラスキンのほうが、近代社会批判としては一歩進めたことになろうが、その具体的な実験は「聖ジョージ組合」というギルド・システムの生産組織であって、それを軸とした生活協同体構想まではいかなかった。

それに対していわゆる空想的社会主義者たちの構想したユートピアは都市型とひとまず言えるかもしれない。

ロバート・オーウェンのニュー・ラナーク、シャルル・フーリエのファランジュ、エティエンヌ・カベのイカリア等はいずれも時間の長短はあれ一時的には地上に実現されたものである。運動の根拠地としてそれらは建設されたのかも知れず、そうだとすれば構造の一部の提示ということになりそうだが、一時的にせよ生活と産業とを結びつけた生活協同体として地上に実現されたということは、それらがそれなりに完結した世界、閉じた都市の性格をもつだろう。

ルネサンスの理想都市建設案とトマス・モアの『ユートピア』とは多くの共通点をもつ。ユートピアンは自然道徳や理性の力によって住民の生活を規制し、集団を組織し、したがって空間を組織する。よく組織された空間すなわち理想都市であるから、それら両者にはシンメトリーの愛好、画一性、計画性、集団性等々が共通にあるのは当然である。空想的社会主義者たちのユートピアもこれらの特徴を共有するところもある。

しかし、かつての都市は閉じた生活空間であり、政治、宗教、文化の、あるいは商業の世界ではあっても、主産業たる農業を（後背地に控えることはむろん多いが）その空間内部にかかえこむことはあり得ない。しかし新しい産業都市は、工業生産の現場をその内部に蔵する、というよりその現場に発生するとさえいえるだろう。それは閉じた空間でなくて、オープン・ストラクチャーであり、ほうっておけば、自己増殖する機械となってしまうであろう。

オーウェンは、新しい技術による生産、アークライトの水力紡績機を使う木綿紡績工場を中心に協同生活は構想されているが農業が産業の中心だという考えが捨てられているわけではない。フーリエのファランジュの中心施設ファランステールは公共的施設も含んだ共同住居だが、それは鉄とガラスの巨大なビルディングとして考えられた。ロンドン第一回万国博（一八五一年）の科学技術の象徴と見られた「水晶宮《クリスタル・パレス》」と同じではないか。しかし、その構成人員の五分の四が農業、五分の一が工業に従事するとされている。

ごくおおまかに言えば、ここでは農業と工業との結合がはかられているとはいえないか。ファランジュでは農業が主産業とされているのは、農業労働の多様性、自然との関係の直接性、生産物享受の全人間性に由来するわけで、いわばその「労働の自由感」を組織原理として工業労働をも考えようとしたのではないか。

そこに無理があったのであるが、同時に「社会主義」といわれる理由でもある。オーウェンの場合でも工場と住居との共存するモデル村を試みたというのなら、その「共存」の構造と労働組織のあり方とをいっしょの問題として考えたことが大事である。

これらの実験とはかかわりなく、イギリスの産業都市は膨張して行く。マンチェスター、リヴァプール、バーミンガム、リーズ、ブリストルなど一八三〇年には人口十万人を越えた。ロンドンは五〇年には二百万である。これらには工業と住居は非人間的な条件で「共存」していたわけだ。

資本家側からこの「非人間性」を排除しようとする努力がなされた。成功した毛織物業者タイタス・ソルトは、リーズの近郊にソルテアと呼ばれる大工業住宅地を建設した。世紀五〇年から七〇年にかけてである。世紀末近くには食品業者キャドベリによりバーミンガム近郊にボーンヴィルと呼ばれる産業コロニーを、石鹸業者リーヴァーはリヴァプール近郊にポート・サンライトなる新しい産業コロニーを建設した。

これらは、工場とその従業員の住宅とを、快適な田園環境におき、住心地のよい住設備生活環境をつくった。これは労務管理の一環であろうとなかろうと、一歩の前進であるには違いないが、工場労働それ自体のシステムに、その「快適さ」の論理をぶつけるということは、当然なかった。

E・ハワードによって構成され、R・アンウィンによってレッチワースに建設された田園都市《ガーデン・シティ》は、都市と農村の結婚、農村にある心身の健康と活動性と、都市の知識と都市の技術的便益と都市の政治的協同との結婚のための手段といわれるが、ここではその住民は生産労働者という側面が理論としてのみならず、具体的にその場を失っている。むしろ、工業コロニーに内在する論理を外化したものといえないことはない。

オープン・ストラクチャーの産業都市の発展に対する批判としての理想都市の構想は、そもそもは労働の自立を目標とする農業と工業の結合であったのが、農村の長所と都市の便益との結合ということになってしまった。それは都市生活者の大部分が直接生産者としての労働者階級でなくなってきたことに対応するかもしれない。産業都市といっても第二次産業都市から、三次産業都市へ変貌しつつあったということでもあるだろう。イギリスでは農業もまた資本主義的生産組織の中に入っているとすれば、農業と工業の結合なるものも意味を失う。あるのは「資本主義的生産組織」だけである。

こういう事態のなかで、ゴシック・リヴァイヴァルの息子であるウィリアム・モリスの提出したユートピアはどういう形をとらざるを得なかったか。

モリスは都市問題について、非常に具体的な提案を数多く行っている。住民のためのオープン・スペイスの確保、「工場の汚ない裏庭を美しい庭に変えること」、煙害駆除、道路の清潔、そして労働者階級の住宅構想、都市の人に抑制と配分、田園的郊外の保護、田園と町のバランス、社会の枠としての建築において、正直な構造と率直に用いられた材料等々の主張は、人々が想像する以上に「田園都市」の理念を支えたものであるらしい。モリスがユートピア的幻想のみにふけっていたのでなく、こういう現実的提案もあったというのではなく、これが彼の幻想の表現法の一つだといいたいのである。

モリスのゴシック建築の提唱なるものは、もとより、採用すべき様式の見本としてではない。われわれの時代の建築様式は「われわれ自身の時代から自然に生まれ出るものでなくてはならないが、しかしまた歴史のすべてとも結びついたものでなければならぬ」といった時、その「自然に生まれ出」た様式が彼の夢想のなかに立ち現れていたかといえば、否である。歴史になっていない、つまりまだ表現されていない歴史の厖大な無意識部分を意識化して甦らせることが、「歴史のすべてと結びつく」ということの意味だとすれば、全体像が全体像として姿を現すことはないので、一回一回の意識化の操作、部分的断片的顕現にしか、それは映し出されぬ。『ユートピア便り』においてもまったく同じことである。そこには理想社会の構想が描かれているわけではなく、ただある感受性の状態、そのテクスチュアが記述されているのである。生活物質の再生産がどのように行われているかは何も書かれていない。そういう社会の成立可能性を信じさせる手だてはまったく講じられていない。つまり、理想社会建設の計画案、社会秩序、組織を説得的に描写することは放棄されているのである。労働の報酬は生きるということ、つまり創造ということだとは書かれているが、それを保証する制度については述べられてはいない。変ったのは制度や組織ではなくて、人間なのである。必要でないものを欲するのが欲望だとするなら、ここにあるのは欲望でなくて必要だけである。欲望は単一なその目的を遂げるために、他の欲望をも手段としてしまうが、必要はそういうことがないため、その多様性を享受できる。

モリス工房のデザイン作品の製作プロセスはそのまま社会全体の生産のメカニズムのモデルにはなれぬだろうが、そこで作り出されたプリント地を好きか嫌いかを人はいうことができる。それと同じで、モリスのアルカディア風ユートピアは、人が好むか好まないかの返事を要求する。それだけを要求する。耳ざわりが良さそうで実は悪いと思う。そこには必要の快楽主義があるのだが、欲望で肥大している人間には禁欲主義に映るだろうから。代償行為ではまったくない快楽というのは、他に寛容というより、変化をも十分楽しむことができることだから、単調ということではないが躍動に欠けると見えるだろう。欲望同士の対立がないから。しかしここでは都市の活気が田園の静謐を攪乱するのではなく、田園の単純が都市の複雑の実は単調を、激しく暴いているのではなかろうか。都市のもつ理性と欲との単調きわまる対立は否定されるとしても、下町のあの猥雑な共感の率直さはまさにそれが「必要」であることさえ、モリスの「田園」は見抜くだろう。

『世界のかなたの森』

『世界のかなたの森』（*The Wood Beyond the World*）は、一八九四年、作者ウィリアム・モリスが六十歳の時に刊行されました。その死の二年前でした。この作品のような散文《プローズ》ロマンスといわれる物語を、晩年の八年間（一八八八年から一八九六年まで）に、モリスは九篇ほど書きました。みなこれらは出版されましたが、ユートピアン・ロマンスというべき二つの作品を除いては、多くの人に読まれるためというより、いってみれば余暇に、自分の楽しみのためだけに書かれたものです。余暇という以上、本業があったことになります。

モリスは二十七歳の時から、今日でいえば、室内装飾デザイン工房のような、装飾芸術の制作・販売を業としており、自らデザイナーであり、アート・ディレクターであり、経営責任者であったわけです。モリスのデザインした壁紙、チンツと呼ばれるプリント地、織物、集団的にデザイン・制作されたステンド・グラスなどは当時も大成功を収めましたが、それらの質の高さは今日ますます評価が上っているものです。

しかし、モリスの偉いところは、この実践を一つの運動としていることにあります。分化されて高級文化となった近代芸術に対置して、民衆文化に基本を置く総合芸術としての装飾という考えを、永年の実行から、一つの感覚として身につけ、文明批判の発光源としたのです。それだからこそ、モリスの装飾芸術運動はその後、強い影響力をもち、二十世紀の建築・デザインの大源泉と目されているのでしょう。

だが、モリスはそこにとどまりはしませんでした。その文明批判を、社会運動、革命運動にまで実践化しました。かつての芸術運動を捨てたのではない。その必然的な延長として、モリスにとってその二つは一体のものであったのです。

ですから、上述のロマンス群が書かれた晩年とは、モリスは毎日、朝早くは必ず織機に向かい、その後は、自分が資金を出し自ら編集する社会主義運動機関誌の仕事、芸術論から社会主義の大義にわたる講義、講演の原稿づくり、政治集会、全国講演旅行、新しく開いた印刷出版社ケルムスコット・プレスのための活字の字体のデザインなどなどという信じ難いほどの精力的な繁忙の日々であったのです。この隙間を縫って書かれた、これらのロマンスとは、いったいどういう文学なのでしょうか。

モリスは若い時から詩作に励み、物語も書いていました。もっともそれも絵を学んだり、建築家の修業と並行してではありましたが。二十四歳、一八五八年に第一詩集『ギネヴィアの抗弁その他』（*The Defense of Guenevere and Other Poems*）を出し、のち『イアソンの生と死』（*The Life and Death of Jason*, 1867）、『地上楽園』（*The Earthly Paradise*, 1868-70）、『恋だにあらば』（*Love Is enough*, 1872）、『ヴォルスング族のシグルドとニーブルング族の滅亡の物語』（*The Story of Sigurd the Volsung and the Fall of the Niblungs*, 1876）、『希望の巡礼』（*The Pilgrims of Hope*, 1885-86）、『折ふしの歌』（*Poems by the Way*, 1891）などを発表します。抒情詩、物語詩、劇詩など色々試みましたが、一、二を除けば物語詩が中心です。同時代の詩人としての名声はきわめて高く、一八七七年にはオックスフォード大学詩学教授の地位に招かれ、一八九二年アルフレッド・テニスンの死に伴う桂冠詩人の後任にも擬せられさえしました。もっともモリスはこれらをともに謝絶しましたが。

ラフカディオ・ハーンがモリスの詩を愛すること深く、芥川龍之介が、おそらくそれに感化されたこともあって、大学の卒業論文にモリスの詩を取り上げたことはよく知られています。ともあれ、モリスが若い時から親しんできたのは、キーツなどロマン派の詩人を除いては、マロリー、チョーサー、フロアサールなど中世詩人でした。三十過ぎてから、氷島《アイスランド》サガなど北欧神話・伝説に深入りし、マグヌソンの助力を得て、『ヴォルスンガ・サガ』（*Volsunga Saga*）や古代エッダ詩選などかなりの量の作品を翻訳しています。前出の『ヴォルスング族のシグルド』は、これらの影響の下で生れたものです。翻訳といえば、ウェルギリウス『アエネイス』、古代英詩『ベーオウルフ』の現代語訳などもあります。またモリス自身が文学以上の文学として列挙しているのを見ましょう。旧約聖書、ホメーロス、ヘーシオドス、ヘロドトス、エッダ（古代北欧詩歌集）、ベーオウルフ、カレワラ（フィンランド叙事詩）、アイルランドとウェイルズ古謡、氷島《アイスランド》サガ、ニーベルンゲンの歌、アーサー王の死、千夜一夜物語等です。

モリスは自分の創る文学の世界を、これら「世界の偉大な神話」の本性をわけもつものとしたかったのでしょう。近代小説などには見向きもしなかった。その代りに、ロマンスを書きました。これは近代絵画ではなく、装飾芸術を選んだのと同じことでしょう。しかし、韻文の物語詩ではなくて、なぜ散文のロマンスを書き始めたのでしょうか。

この問いに、すぐには答えられませんが、あの「繁忙」の中身と関係のあることではありましょう。ともあれ、それらの作品を発表順に挙げてみましょう。

1 『ジョン・ボールの夢』（*A Dream of John Ball*, 1888）
2 『ウォルフィング族の家の物語』（*A Tale of The House of the Wolfings*, 1888）
3 『山々の根』（*The Roots of the Mountains*, 1889）
4 『ユートピア便り』（*News from Nowhere*, 1890）
5 『輝く平原の物語』（*The Story of the Glittering Plain*, 1891）
6 『世界のかなたの森』（*The Wood Beyond the World*, 1894）
7 『世界のはての泉』（*The Well at the World's End*, 1896）
8 『驚異の島の水』（*The Water of the Wondrous Isles*, 1897）

9『引き裂く川』（*The Sundering Flood*, 1897）

このうち二篇、『ジョン・ボールの夢』と『ユートピア便り』とは他と異質です。これらはモリスの編集する社会主義運動機関誌『コモンウィール』に連載したものですし、モリスの抱く社会主義思想（私の考えでは、どんな社会主義でも、これがなくてはその名で呼べないというものを多量にふくんでいます）を盛ったものといえます。そしてこの二つは、ユートピアン・ロマンスです。前者が過去を、後者が未来に舞台をとっても、実際の夢の内容の話になっています。だから現在の現実が逆にというか入り込んだりもしています。『ウォルフィング族の家の物語』と『山々の根』とは、いわば歴史ロマンスといえるかもしれません。語りの部分は散文で、会話は韻文で書かれており、前者はローマ人の侵入と戦う古代ゴート人、なかんずく指導者ティオドルフの英雄的な死を描き、後者はフン族に脅やかされるやはり古代ゴート人の姿を描いています。これら、特に前者に色濃くあるのは、北欧英雄伝説の雰囲気で、散文の叙事詩《エピック》と呼ぶこともできるでしょう。

『世界のかなたの森』をはじめとする他の五篇は、空間的にも時間的にも、現実によってまったく限定されない、純然たる空想世界です。雰囲気としては、むしろ中世のロマンスを思わせます。アーサー王伝説の一エピソードに、北欧神話の恐ろしくも烈しくきびしい光が一条、矢のように差し込み、思いがけないところに、フェアリー・テイルの魔法のランタンが明滅するといった趣きがないでもありません。「ヒロイック・ファンタジー」などと呼ぶ人もいます。

しかし、これらの作品は、当時から現代に至るまで、必ずしも多くの読者を得たとはいえないでしょう（『ユートピア便り』は例外）。それどころかほとんど無視されたといってよいかもしれません。しかし、少数の愛読者はいました。オスカー・ワイルド、アーサー・シモンズ、A・C・スウィンバーン、ジョージ・セインツベリ、それにW・B・イエイツなどです。この人たちは、もともとモリスの詩や芸術と何らかの意味で同じ流れに属するのでしょうから当然のことかもしれません。だがイエイツの言葉はとても素晴らしいので引用したくなります。少年時代のことです。

「私は、それまで不幸な人たちを同情しなさいと、さんざん教えられ、うんざりしてしまうほどだった。ところが、まったくモリスのロマンスを読んだおかげで、あふれんばかりの橅《ぶな》の木の枝や、はちきれそうな麦の穂を心のうちに持っていて、何もかも幸福の種にしてしまうような人間の存在に気づき共感できるようになったのだ」

また中世ヨーロッパ文学のすぐれた学者であり、「ナルニア国物語」の作家であるC・S・ルイスの少年期からの愛読書でもありました。彼はいいます。

「モリスの想像世界はスコットやホメーロスのそれのように、風が吹き、手でしっかりと触わられ、響きを発し、立体的である」

モリスは風景《ランドスケイプ》を描くことに関心がない、ただ土地の形勢《ライ》を伝えるだけだ。他の人の物語は景色があるだけだが、モリスのには地理がある、ルイスはこのようにもいいました。

そうです、モリスは人間のパッションについても同じように描きました。心のさまざまなありようを伝えるイメージに、色をつけたり陰をつけたりして、こなれのよいものにはしません。モリスは古語を多く用い、いわば擬古文で書いているのですが、ぼんやりした雰囲気づくりに役立てているのではなく、逆にはっきりとした輪郭を空想の世界に与えるためのように思います。よく訓練された中世の写字生の文字のように、筆のタッチの不必要な変化を極力押さえているのです。そのくせ、微妙な息づかいは伝えられます。表現の単位は古くて、大きくて、がっしりしています。近代小説の昆虫学的精密さになれている読者には、最初は単調で味が薄く感じられるかもしれないが、すぐに新鮮で広々とした大気を味わうことになるだろうとは、またC・S・ルイスの言葉です。

さて、『世界のかなたの森』には、今述べたような特徴はみなあります。それ以上特にこの作品についていう必要はないでしょう。私はこのあまり量の多くない、中篇といってよい作品が、ぜんぶのロマンスのなかでも特に大好きです。

ウィリアム・モリスと古代北欧文学

ある一人の水夫がロンドンの街角でウィリアム・モリスに出会いがしらにこう言った。
「もし、失礼だが、あなたさまは前に「海燕号」の船長だった方ですな」
ブルーの上衣、もじゃもじゃのあごひげ、ちょっと体をゆするような歩き方、そう思われても不思議はないかも知れない。モリスはこのことをとても喜んだ。後々になってもよく口にしたという。

このできごとは、それをモリスが大変な喜びとしたということをふくめて、彼が自分をヴァイキングの船長だと思いたがっていたことを暗示するかも知れない。

モリスは古代北欧文学の韻文も散文も多量に訳した。彼の詩の多くもテーマから言ってもインスピレイションから言っても古代北欧《ノース》に負う。晩年の散文ロマンス群も、二十五年以上に及ぶこの文学についての深く細密な勉強なくしては考えられない。生涯にわたるこの強い打ち込みは、しかし、そういう作品という客観的な仕事にだけ現れているのではない。「オールド・ノース」

(Old Norse) は彼のからだの一部になっているかのようだった。

日頃何気なく友人にもらす言葉、手紙、芸術と社会主義についての講演、労働者を前にしての演説、こういうものに絶えず「オールド・ノース」への言及が現れる。まるで今サガの一つを読み終ったばかりであるかのように、会話を生き生きとさせる材料としていつでも湧き出てくるのであった。

親友のバーン゠ジョーンズは、最初こそモリスの熱狂を共有しようとしたが、とても続かず「ハムステッド(ロンドンの北西の郊外)より北には行きたくない」と言ったりしたが、多くの友人は食卓でモリスが飽くことなく、「オールド・ノース」の歌謡や物語について、目に見えるように実に生き生きと語る姿を記録にとどめている。なかには「アイスランドという言葉がいったん会話のなかに投じられるなら、樫の木にからみつく蔦のようにモリスはそれに密着する。もう何時間も他の話題はゆるされない。おそろしいことだった」と述懐する人もいる。

これらはすべて一八六八年以降のことである。その年というのは、モリスが「オールド・ノース」の言葉を学び始めた時である。しかし彼の古代北欧への興味はずうっと古いことであった。彼の幼児からの中世趣味は長じても一向に減ずることはない。ウォルター・スコットから始まったものは、ゴシック・ロマンス、七世紀の宗教詩人キャダモン、アングロ゠サクソン抒情詩、中世バラッド、下って『ピヤーズ・ザ・プラウマン』、マロリの『アーサーの死』、ダンテ、そしてむろんチョーサーである。後になると『千夜一夜物語』『デカメロン』などにも強くひかれたが、ホメーロス、ベオウルフ、旧約聖書などが愛読書に入ってくる。ただの中世趣味というのではない、むしろ叙事詩好みがそこに見られるだろう。

しかし学生時代はチョーサーでありマロリであり、中世の歴史と芸術、ゴシックの建築に夢中であったことは間違いない。しかし、その時期めぐりあった一冊の書物がモリスに与えた影響は測り知れないものであった。ベンジャミン・ソープ『北欧神話』（Benjamin Thorpe, *Northern Mythology*, 1851）全三巻がそれである。ソープはアングロ＝サクソン学者だが、この方面にも手を伸ばしていた。モリスに古代北欧の神話と物語の豊かさと限りない可能性を啓示したのはこの書物であった。それはさらに同種の書物の探索に向わせたのである。実際一八六八年以前に、古代北欧文学及び歴史について、かなりの知識をモリスに与えることができたであろう書物が、相当数利用できた。『古エッダ』（ディスント訳、一八四二年）、『新エッダ』（コットル訳、一七九七年。ハーバート抄訳、一八〇六年。ソープ訳、一八六六年。この三種の訳、すべてモリスは知っていた）、他に『ヘイムスクリングラ』『ギースリのサガ』『ニャールのサガ』等々サガの翻訳もモリスは利用できたようだ。またスイスの歴史家ポール・アンリ・マレ（Paul Henri Mallet）の『デンマーク史序説』（*L'Introduction à l'histoire de Dannemarc*）のトマス・パーシイ（Thomas Percy）による英訳『古代北方事情』（*Northern Antiquities*, 1770）もモリスは愛読し、これやまた他の書物から、古代北欧世界の歴史、風俗、習慣、宗教等の知識を得ていたし、また一八五〇年代、六〇年代に刊行された多くの旅行案内書から、かなりの地理的知識も得ていた。

一八六八年までに（その時モリスは三十四歳）、大学時代から詩や物語を書き、詩集『ギネヴィアの抗弁その他』『イアソンの生と死』、それに『地上楽園』の最初の一、二部が刊行され、詩人としての同時代的名声を獲得し始めていた。前述のような読書経験にもかかわらず、これらの作品には本質的に「ノース」にかかわるところはほとんどない。そういう読書の跡は随所に散見されるが、装飾的意味か地方色を出すため以上のものではない。

最初期の散文ロマンスには、スヴェンド、ゲルタ、スウォンヒルダ（ブリュンヒルド）などスカンジナヴィア名前が人々につけられているが、「ノース」的背景にふさわしい事件は一向起こらない。『地上楽園』の序詩の主要登場人物は十四世紀のノルウェイ人である。オーディン、ハロルド美髪王、トリュグヴァソン王などの言及があり、特にノルウェイ王朝史である『ヘイムスクリングラ』の影響は明らかだが、その詩の全体のトーンは英雄叙事詩的というより、中世的ロマンス的である。

他にこの時期書かれたものに『スウォンヒルダ求婚』と『アスラウダの養育』とあり、前者はモリス生前刊行されず、後者は一八七〇年『地上楽園』第四部のなかで公にされた。これらは、モリスが翻訳など第二次資料から「ノース」的雰囲気を生み出そうとする最後の作品であるが、物語は『ラグナル・サガ』からとられていて、詩として成功しているが、その性質は『地上楽園』一、二部と同じものであって、サガのものではない。人物たちの名前は「ノース」からケルトや古代フランスのそれに変えられたとしても、ほんの少し地方色が薄れるだけで、本質的に失われるものは何もないだろう。

しかし、モリスの「ノース」の世界への興味はそんなところで止りはしなかった。もう第二次的な研究書、翻訳に依存することなく、自ら原典にぶつかる努力をしたのである。何遍も出て来た一八六八年という年がその年で、モリスはアイスランド人エイリクル・マグヌソン（Eirikr Magnússon）と知り合い、アイスランド語を学び始めた。

マグヌソンは、モリスより一歳年長で、東アイスランドの貧しい牧師の息子であった。一八六二年神学校を出てから、イギリスでアイスランド語の新約聖書の印刷監督のために来英した。その船中で彼はジョージ・パウエルという、富裕で美術通かつ文学好きの青年と出会い、両者でアイスランド語文学の翻訳、古代北欧辞典の編纂という野心的計画をたてた。マグヌソンはその学識と勤勉を、パウエルは資金と英語とを出し合うことになった。実現したのは二冊のアイスランドの伝説の翻訳だけであった。パウエルは手を引いた。その後マグヌソンは独立で翻訳を続けたが、モリスに出会ったのはそういう時であった。

この美しい髪をしたずんぐりした小男は、濃い口ひげをして部屋のなかをいつもあちこち、アイスランド民謡を大声で歌いながら歩調をとって歩いていた。サガの世界を今も生きているようだった。モリスが惹かれたのは当然であった。マグヌソンの方もモリスのラフで飾らぬ外見、鋭い眼、アイスランドについての博大な知識などに感銘を受けたが、なかんずくモリスの古代北欧文学についての直観的理解に驚いた。「いちばん私が衝撃を受けたことは」とマグヌソンは言っている。「彼がその（古代北欧文学の）魂に、先入見に満ちた外国人の精神ではなく、本国人の尋常ならざるほどにすきのない直観によって、入りこんでしまっていたことである」。アイスランド事情、特に文学について、しばらく熱のこもったやりとりの後、一週三回モリスといっしょにアイスランド語を読むことに彼は同意したのであった。

モリスは初めから文法などおかまいなしだった。「二人で翻訳する時、あなたは文法だ。私は文学が欲しい、物語を理解せねばならぬ」。二人はすぐにサガにとりかかった。モリスは理解できぬはずの字面をじっと見つめ、いきなり「直観で」訳し始めた。つっかえてまごまごし、大笑いする。日に三時間もやる。そのうちマグヌソンが家で逐語訳をつくってきて、モリスが英語を書き直す。こうして、さまざまなサガの翻訳が始まった。一八七一年マグヌソンがケンブリッジに呼ばれてロンドンを去るまでこれが続いたのである。

最初に発表されたのは『グンラウグスのサガ』（*Gunnlaugs Saga*）、次いで『グレティス（グレティル）のサガ』（*Grettis Saga*）、ともに一八六九年。『ヴォルスンガ・サガ』（*Volsunga Saga*）が一八七〇年。他に『古エッダ』あるいは『歌謡のエッダ』からのいくつかの詩が刊行されたが『ラックス谷のサガ』（*Laxdaela Saga*）は訳稿が出来たまま印刷されなかった。しかし、これは『地上楽園』の第三部のなかに「グドルンの恋人たち」として刊行された（一八六九年）詩の原型であった。つまりこの詩は、モリスが「オールド・ノース」についてのファースト・ハンドの知識にもとづく最初のオリジナル詩であった。

以前のものに較べれば、ずうっとサガの雰囲気は濃厚になった。創作詩のサガの本来の性質との距離は詩の価値の尺度ともならないし、モリスのサガ理解の深度を測定する手がかりになるわけでもないだろう。だが見えるものを言っておけば、サガのなかではヒロインのグドルンは鉄の自己抑制力をもった意志の強い女性であるが、モリスの詩では彼女と恋人キアルタンとの恋や別れの場面は宮廷恋愛のロマンスのようで、よく激しく泣き涙で濡れる。キアルタンはグドルンが他の男性と結婚すると聞いて、「ああ見えない、見えない、何も見えない。／あれほど私にやさしく愛をそそいでくれた世界は、いったいどこにある。／ああグドルン、グドルン」とモリス詩ではかきくどくが、サガでは、「彼はグドルンの結婚を聞いたが、そのことで心を動かすことはまったくなかった」というのである。

しかし、モリスはその時はそうしたかったのである。それでも『地上楽園』全体のなかでも「オールド・ノース」は硬い岩のように突出し、酷寒の烈風のなかに凜とした気高さを示してはいるだろう。だが、『ヴォルスング族のシグルド』(*Sigurd the Volsung*, 1876) にいたって大きな飛躍と豊かな結実が見られたのである。今ほとんど読まれることのない詩は、しかしモリスも自認していたように、モリス詩の最高作という評が研究者のなかでは次第に強くなっている作品である。

この詩のソース(の一つ)が『ヴォルスンガ・サガ』である。谷口幸男氏によると「『エッダ』

の古歌謡を散文化した作品として、『エッダ』には残っていない歌謡の内容を散文で伝えてくれている点非常に貴重なものである」という。つまり、『古エッダ』すなわち『歌謡エッダ』の散文化作品であったわけだが、くわしく読み進むにしたがって、モリスは昂奮し感動した。友人にこう書き送っている。

「忘れられているものは何一つない。繰返されるものは何一つない。張りつめ過ぎるものは何一つない。ありとあらゆる優しさが、優しい言葉なぞ一つとして使われずに語られる。ありとあらゆる悲惨と絶望が、狂乱怒号の声一つ聞かれずに示され、完璧な美が装飾一つなく表わされる。……要するに、霊感を孕んだ語の、ぎりぎりいっぱいの意味が使われているのだ」。この翻訳が出たのは一八七〇年だったが、その影響が骨肉化するためには翌七一年、さらにその翌々七三年の二度にわたるアイスランド旅行が必要であった。

この旅行はモリスの生涯にとって、学生時代の北フランスめぐりと同様決定的な意味をもった。「古代北欧文学」の畏ろしい美しさも、ヒロイズムも、悲劇的情熱も、たんに詩的霊感の源泉にとどまらなくなった。アイスランドはモリスの人生に対する新しい態度を見出す導きになったのである。七〇年代は装飾芸術家・デザイナーとしてのモリスの質量とも急速に大きくなる時期で、「何を自分が本当に必要としているか」をこの旅行を通じて発見したことが、創造力のフル回転に役立ったことは言うまでもない。

階級間の平等、ストイシズム、勇気の崇拝といったアイスランド社会の特徴を生命の充溢と真の本能の開花ととらえたところが肝心なのであろう。

モリスは旅行中、日記を克明につけた。第一回目のは、手を入れて一部だけをバーン＝ジョーンズ夫人に呈したが、刊行されたのは死後のことである。（覚書き風の第二回目のもふくめて）その風土、自然、人間の生き生きとした描写の文体は、翻訳の場合の、より原文の味を伝えるべく古語（ラテン系を排して、よりチュートン的な）を多用したり、時には（特に複合語では）古代北欧語にならって造語したり、工夫をこらしているが、かえって近づきにくくしているという評もあるのと反対に、平明な英語ながら、古代北欧精神そのものを生きているとあるいはいえるのではなかろうか。

ともあれ、『ヴォルスンガ・サガ』の感銘は、この経験を通じて体内に沈下し、発酵したものが『ヴォルスング族のシグルド』であるということになろう。モリスはここでサガの語り口を自家薬籠中のものにした。語彙は限定し、ラテン系のものは避けた。詩行は弱弱強格《アナペスト》を厳格でない基準として、一行に六拍の不規則なリズムで、行の真中に休止がある。二行ずつ韻をふみ、頭韻を多用する。総じて中世の詩型を用いているが、新しい自由な息を吹き込んでいる。英雄詩の力を本当にそなえた詩として、モリス作品のなかでももっとも高い位置に置く批評が多くなりつつあるものである。

最晩年に、二十年にわたる幸福な協同作業の完成として、マグヌソン、モリス共訳の『サガ双書』(The Saga Library)全十五巻という野心的な計画が立てられた。実際はモリスの生前に五巻、死後一巻刊行されたのみであったが(『びっこのハワード』『めんどりのソーリル』『ヘイムスクリングラ』などをふくむ)、みな序文、地図、評註、索引つきの充実した内容のものである。

これらの訳業でしばしば閉鎖的だとして非難される古語使用は、わずかな例外を除いては、個人的なものでない、コンヴェンショナルなもので、格別な障害とはならない。例外というのは古代北欧語の語や成句をそのまま古英語に置きかえた奇妙な語句であり、むしろ晩年の散文ロマンスのうち『ウォルフィング族の家の物語』などに多用され、この作品の評判を悪くしている。しかし、これを除くロマンス群は、初期詩篇の官能性が濾過され透明になったものが、北欧神話の恐ろしく烈しい光でいっそう輝くという独特な世界をつくっている。

しかし、官能の充実を、民衆とともに共有したいという理想を、「勇気」をもって自らを英雄にさえ擬して闘い抜く力を与えたものが、モリスにとっての「オールド・ノース」の世界であったと思う。パセティックであることとエロティックであることが一致しているのが、モリスの英雄の特徴であろうか。

D・G・ロセッティとジェイン・モリスの往復書簡

ウィリアム・モリスの次女メイは父の死後、その二十四巻の全集、及び二巻の補遺の編集と解説で先ず、われわれに親しい存在だが、姉のジェニイとともに父の仕事をその生前、いろいろ手伝った。病弱な姉よりも、メイは実践活動の面で秘書的な役割をふくめて活躍したようだ。モリスは『テーブルはくつがえる、またはナプキンは目覚める』という一種のアジプロ劇を書いたが、上演の際、メイも出演したりしている（一八八七年）。

一九三九年、そのメイが没して後、彼女が保管していた家族関係の書簡類が大英博物館に遺贈された。モリス夫人ジェインに対する手紙一般は一九四六年から公開されているが、ダンテ・ゲイブリエル・ロセッティのジェイン宛のものは、ジェイン死後五十年経つまでは公開されてはならぬという制限つきであった。が、一九六四年一月、その解除の日が来た。

だが、その前からそれらの手紙の内容はさまざまに臆測され、発表への期待はたいへん強かった。モリス夫人ジェインとロセッティとの間に、何か特別な関係があったということは長く信じられてもいたし、同時代の人々には自明のことであったらしい。ところが二人に親しい人々が、この問題に関して、いっせいに口を緘《かん》したことが、逆に後世の研究者たちの好奇心をいっそうつのらせたのである。

ロセッティとその晩年にごく親しかったホール・ケインは、ロセッティ死後四十年経って初めて「一人の女性と結婚し、その後、もう遅過ぎる時になって他の女性に恋してしまうことほど、男の一生を深く傷つける悲劇はない」というロセッティの言葉を引き、かつ二人の親密な友情を明らかにした。ロセッティの姪ヘレン・ロセッティ・アンジェリは一九四九年に書いたロセッティ伝で、ケインの証言を否定すべき事実は何もないことを示した。

ロセッティはモリスの七歳年長で、ラファエル前派を率いる画家詩人として、青年モリスやバーン゠ジョーンズの渇仰《かつごう》の的であった。建築家修業をしていたモリスは、ロセッティを知るやたちまちその感化で画家たらんとして、その門下に入ったのである。一八五七年、オックスフォードの劇場で、ジェイン・バーデンを発見して、絵のモデルにさせることに成功したのはロセッティであって、モリスはたまたま同行していたに過ぎない。その時、ロセッティには、七年前に知り合い、三年後には結婚することになるエリザベス・シダルという恋人がいた。

モリスは最初の出会いの二年後、ジェインと結婚した。その翌年ロセッティはエリザベスと結婚する。結婚生活二年、死児を産してしばらく後、彼女は阿片チンキ一瓶を呷《あお》って死んだ。一八六二年二月のことであった。

さて書簡にもどろう。上記の一九六四年に公開されたロセッティのジェイン宛のものは百十四通、一八六八年から一八八一年十月の、その死の半年前のものまでである。それらに加えて、ジェインのロセッティ宛の手紙三十七通（プリンストン大学図書館蔵）を併せて、往復書簡集として公刊された。*Dante Gabriel Rossetti and Jane Morris, Their Correspondence*（edited by John Bryson, Oxford, 1976）がそれである。

往復書簡とはいっても、ジェイン・モリスのものは、一八七八年のモリス家がハマスミスに移転直前の時期から、八一年まで、わずか三年分であり、それ以前のものはすべて破棄されてしまっている。

しかし、あるいはその故に、これらの手紙には、もし人の好奇心が二人の友情の事実関係にあるなら、その期待を満たすべきものは、何も見出すことはできないだろう。ロセッティのジェインに対する渝《かわ》らぬ愛情ははっきりしている。十三年間一貫しているのは、ジェインの健康へのいかにも親身な気遣いである。では激しい恋心は。

一八六九年夏、ジェインはふたたび病に倒れて、モリスが付き添い、ドイツはヘッセン＝ナサウの温泉地に療養に行った。この時期の手紙でロセッティは、明確にジェインに対する愛を告白している。しかし同時にモリスのジェインに対する愛も信じ、大きくこれを肯定しようとする。しかし、これは、むしろモリスがロセッティに対し、いや妻に対し、実際にとってきた態度であったのだろうが。

その前一八六五年に、八年ぶりにジェインはロセッティの絵のモデルとなり、以後続いて、ロセッティの画布の前に坐るようになる。七一年には、モリスはロセッティと共同で、テムズ河上流、オックスフォードシャのケルムスコット村のマナ・ハウスを借りる。

しかし、モリスがここを利用したのは、ごく最初の時期に限られた。あとはモリスを除くモリスの家族とロセッティ及びその友人との奇妙といえば奇妙な同居生活（多少の出入りはあるが）が始まり、それは七四年、ロセッティがここを去ってしまうまで続いた。当然その期間のロセッティの手紙はない。

二人の間の手紙のやりとりが残っているのは、前述の通り、ロセッティの最晩年の三年間だけであり、ロセッティは五十になり、ジェインは三十七になっていた。それらの手紙には淡々として、そこには激情もない代りに、よろわれた感情の硬直もなく、思いがけなくのびのびとした世界が開けている。書物談義、絵の話、同時代の文人・画家への遠慮のない批評。

ダンテの『新生』がジェインに贈られる。ヴァザーリが論じられる。ジョン・ダンが称讃される。コウルリッジは厄介だとジェインがもらせば、立ちどころに、その批評書と伝記が送られてくる。フィッツジェラルドについては『オマール・カイヤーム』の訳業しか彼女が知らぬとわかれば、たちまちカルデロンの訳が教えられ、貸してくれる。その作品はシェイクスピアと肩を並べるとのロセッティの薦めの言葉にかかわりなく、ジェインはその戯曲に夢中になるのである。

これらの文面から想像されるモリス夫人ジェイン像は、モリス家へのたまの訪問者たちが折々もらした印象とは違う。ヘンリ・ジェイムズは、その頭の頂きから、大きな波をなして四方八方に放射される、たっぷりした黒い縮れた髪、やせた青白の顔、妖しく悲し気で、深く暗い目、大きく黒く濃い眉、長いうなじなどから、彼女をラファエル前派の絵のオリジナルなのか、はたまたそのコピイなのか迷うといっている。そこには歯痛が氷の上にはりついているような、奇妙な遠い感じがあり、その過度の寡黙は、よそおわれた気取りというより、一種の不感無覚性に由来する尊大さの一部だろうというような感想は、同時代的観察者のみならず、伝記作者たちの共通の批評であるように思われる。

ところが、この手紙にあらわれているジェインはそれらの印象とは違う。知的好奇心もかなり強く、とても心やさしく、なかなかに感受性豊かで、時折りは鋭いユーモアの感覚さえひらめかせるのである。おそらく、これが彼女の地なのではなかろうか。そう思いたい。

ロセッティがケルムスコットを去ったあと、モリスはそのマナ・ハウスを個人的に買受け、生涯深く愛した。ロセッティはそこの田園生活と自然の美しさを楽しみはしたが、いつも人工的なものとの比較においてであり、ケルムスコットの風景は単調で霊感に乏しいとしていた。その彼にとっての本当の魅力は、孤独であり、敵からの隠れ家を提供してくれることにあったのだろう。

モリスはすべてその正反対であったと一先ず言える。しかし、モリスは自然の裏切りをすでに体験していた。妻に失恋したことは事実だ。しかしその前に、すでに失恋を経験しているのではなかろうか。

モリスは九人きょうだいの三番目、姉二人の長男だが、一人の姉を除いては精神的交遊は何もないという。その一人とは、四つ年長の長女エマである。この母親と同じ名をもつ姉は、モリスのパブリック・スクール時代に英国国教、それも高教会に強くひかれた因をつくった存在だ。いや、ごく幼い時期にエマとモリスは、エピングの森の中で夕方暗くなるまで、ともに、たとえばクララ・リーヴのゴシック物語を読みふけった。姉弟愛を軸とするこの幻想のなかで、モリスは姉への愛と自然との融合とを一致させていた。

だから、この姉の他の男性との結婚は、自然の裏切り以外の何ものでもないということになる。失恋は人事ではなく、物との関係における事件であるというのが、モリスの精神の特徴ということになろうか。

自然の裏切りによって受けた傷もまた、一つの自然に他ならず、それを癒すのも自然でしかないと、モリスの生涯は語っているようでもある。

Ⅲ

ウィーンのチャールズ・レニイ・マッキントッシュ

1

ウィーンに短い滞在しか許されぬあわただしい旅行者でも、たとえば二人の偉大なバロック建築家、ヨハーン・ベルンハルト・フィッシャー・フォン・エルラッハとルーカス・フォン・ヒルデブラントの作品に接することは比較的にたやすく、その対比の妙に感銘することはできるだろう。カール教会とピアリスト修道会教会、シェーンブルン宮とベルヴェデーレ宮と、地理的にもかけはなれておらず、一目で見て歩ける範囲にあるそれぞれの作品が聖俗それぞれ一対をなしていて、ことさら比較の興をかきたてる。フィッシャー・フォン・エルラッハには記念碑的荘厳性がバロック的細部の錯綜にもかかわらず目立つのに対し、ルーカス・フォン・ヒルデブラントにはもっと軽やかで生き生きとしていて、どこかアンティムな味わいがその過剰と放恣の中にさえあって、ウィーンの民衆の心に近い何かがあるのではないかと思わせたりすることはあるだろう。

そして、さらにその二人の仕事も、すでに探訪してきたバヴァリアのたとえばアザム兄弟のそれと較べれば……といった取りとめない感想も浮かんでくるかもしれない。

しかし、バロックのウィーンでなく、ビーダーマイヤーのウィーンでもなく、世紀末から第一次大戦前のウィーンに関心があるのなら、オットー・ヴァーグナー、ヨーゼフ・マリア・オルブリッヒ、ヨーゼフ・ホフマン、アドルフ・ロースといった建築家たちの建築物を見たいと思うのは当然のことだろう。私はといえば、それらにある特別な興味をもっていた。しかし、それはホーフマンスタールやフロイトやヴィトゲンシュタインへの興味の直接の延長ではないものだが。

モリス運動の大陸への影響という時、ドイツにおけるリヒャルト・リーメルシュミットやペーター・ベーレンスやヘルマン・ムテジウスなどの名があがり、ドイツ工作連盟 Deutscher Werksbund が必ず問題にされる。それらはたしかにモリス運動の骨格を受けついだものであろう。しかし、イギリスにあってもアーツ・アンド・クラフツ運動がすでにモリス運動の一面化をまぬかれなかったように、ドイツにおけるその動きもまたある種の一面化があったと思う。前者にはクラフトマンシップの意味付けの一面化が、後者には逆に工業への適応の仕方に力点のずれがあったのではないか。

ところが、歴史主義と訣別した新時代のといわれるウィーンの建築家・デザイナーたちにおけるモリス運動の余波はもっと複雑微妙な様相を呈したのである。ヴァーグナーとすべての装飾を犯罪とする純粋主義者《ピューリスト》アドルフ・ロースを間を省いてきりりと一本直線で結びつけてみれば、ペーター・ベーレンスの顔が現われるようにも思えるが、その「直線」の美的ラジカリズムにさえも何か軽やかな雅味があるのだ。いわんや、ホフマンやオルブリッヒのようにブリテンの（もっといえばマッキントッシュらグラスゴウ派の）芸術運動の影響がもっとも強い人たちには、アール・ヌーヴォーから二十世紀様式——合理主義的機能主義への過渡期といってすまされぬ何かがある。私にとってもっとも興味あるのは、逆にそういう影響というより、共鳴によって特に響くモリス運動の中のある特別な音色の弦である。ウィーンに逆照射されて光りを放つ伝統、その運動の中で見落されがちな側面というか、むしろ肝心な想像力の軸線である。モリス運動をなるべくその矛盾の相においてみたい、その矛盾の襞に、その襞の肌理に触れたいという思いからすれば、それは私にとって格別な興味であるはずである。

2

グスタフ・クリムトが主唱して、一八九七年結成されたウィーン分離派 Wiener Sezession は一九〇〇年の六月までにすでに七回の展覧会を精力的に開いていた。クリムトの作品展示から生まれるスキャンダルに彩られながら第一回から諸外国の芸術家の参加にも特色を示していた。その第一回にもセガンティーニ、クリンガー、ホイッスラー、ミュシャ等の名が見えるが、アーツ・アンド・クラフツ運動の指導者ウォルター・クレインが、水彩画、デッサン、書物のイラストレイション、壁紙やステンド・グラスのためのデザイン等出品したことは注目される。これらはまたその運動機関誌『ヴェル・サクルム』（「聖なる春」という意味だろう）をしばしば飾った。第六回はあげて日本美術に捧げられもした。だが七回までの主軸は油絵だった。もっともポスターや『ヴェル・サクルム』は、メンバーたちの装飾芸術分野での腕のふるいどころであったわけだが。

ところが、第八回（一九〇〇年十一月三日—十二月二十七日）は主として応用美術のためのものだった。この展示の主たる責任者はヨーゼフ・ホフマンとフェリシアン・フォン・ミルバッハであった。その目的はヨーロッパの最前衛のデザイナーたちの作品をウィーンに紹介することのわけだが、パリからはヴァン・デ・ヴェルデの影響下の「メゾン・モデルヌ」、イギリスからはアシュビイのギルド・オヴ・ハンディクラフツの作品が出品されたが、さらにグラスゴウ派の芸術家たち、マッキントッシュ、彼の妻マーガレット・マクドナルド、マーガレットの妹フランシスとその夫マックネアの作品も展示される。展覧会の第十室、自分たちの作品展示専用の部屋のレイアウトはマッキントッシュ夫妻自らの手にまかされたのであった。ということは彼らがそのために特にウィーンに招待されたということである。

この展覧会は大成功で、ブリテンの芸術家たちはウィーンの公衆に深刻な印象を与えた。当時の新聞は入場者数二万四千五百五十五人、総額五万七二〇〇クラウンの二百四十一点の作品が買上げられたという。

すでに前年（一八九九年）のミュンヘンでの展覧会で出品されていたし、ダルムシュタットか

左・第８回ウィーン分離
派展、マッキントッシュの
レイアウトによる
自作展示室（1900年）。
下・「芸術家の友の家」
コンペのための外観図

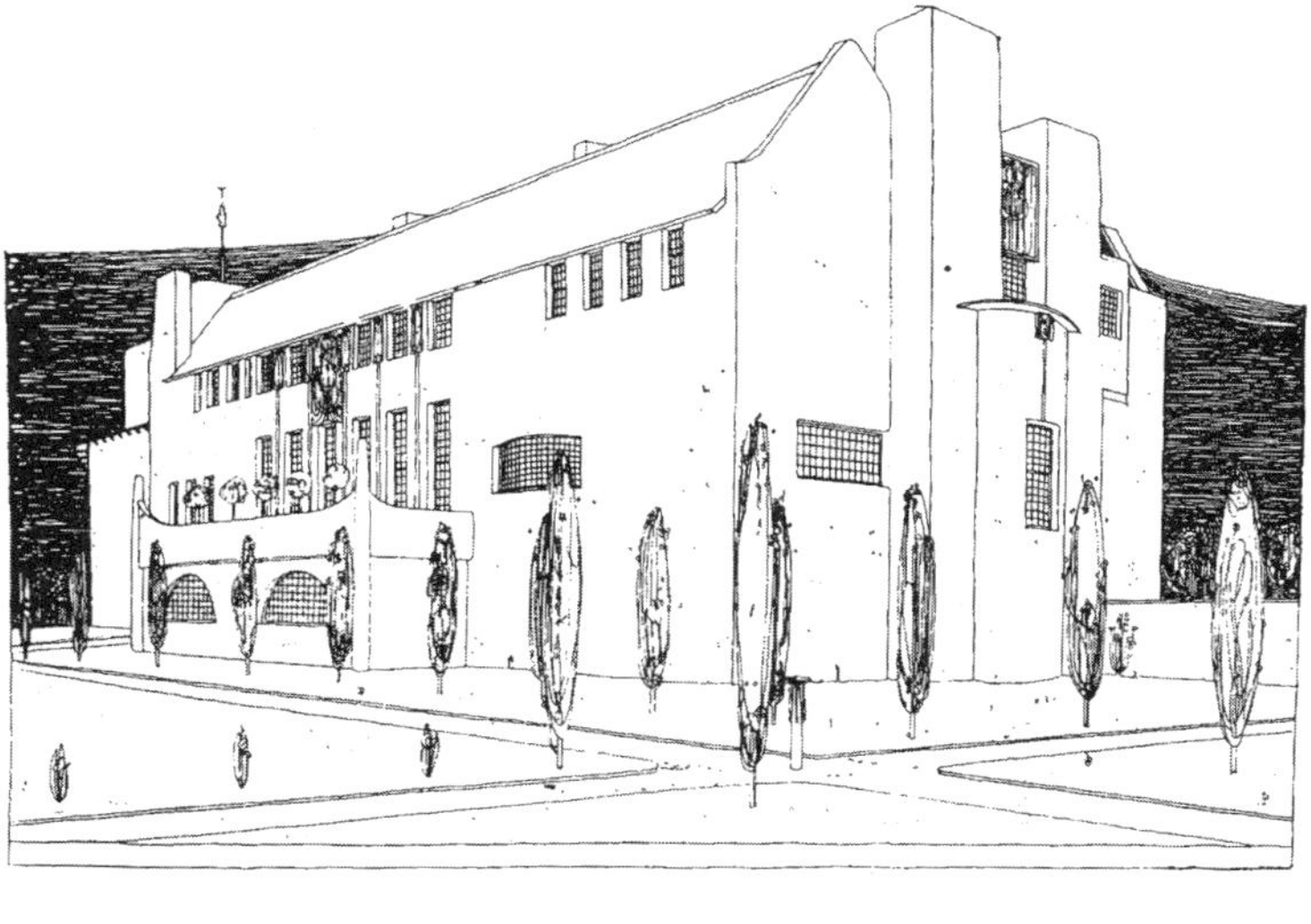

らは「芸術の友の家」のためのデザインが刊行されていたが、これを機会としたかのように、一九〇二年にはトリノで、さらにドレスデン、ヴェネチア、ブダペスト、そしてモスクワにまでこのスコットランドの芸術家のデザイン作品が展示される。実際マッキントッシュはイングランドにおいてよりも、いなブリテン全体においてよりも大陸で評価が高かった。しかし、ウィーンとの出会いほどマッキントッシュにとって幸福なことはなかった。またその作品にじかに接した時のウィーンの芸術家の戦慄と興奮に及ぶものはなかった。ベヴズナーが引用するアーラース・ヘスターマンの言葉がよくこの戦慄と興奮のよってきたる由縁を伝えている。「まさにここには、清教徒的に厳格な機能的形態と、実際的なものの詩的な昇華との不思議な結合がある。これらの陳列室は夢のようだ。細いパネル、灰色の絹、とてもほっそりした木の柱――いたるところ垂直線である。矩形の小さい食器棚は頂部上端がずんと突き出ており、全体それぞれの部分が一つに融合して表面がなめらかだ。そして非常に硬直してまっすぐ立っているので、まるで初めて聖体拝領に出かけようとしている少女のように、白い顔してまじめくさっているように見える。――しかも現実感がない。そしてまた、決して全体の輪郭をそこなうことのない、宝石のような小さい飾りがあちこちにちりばめられている。またためらいがちな典雅な線は、しかしどこかで断ち切られるなどとは考えもつかないというふうに見える。これらの見事な均整のとれた配置が生む魔力、つまり、七宝、色ガラス、半宝石、打ち出し金細工などが、いかにも貴族的に無雑作に確信にみちて配置されてある有様が、イギリスの室内装飾の永久に変わらぬ堅固さには、すでにいささか食傷してきたウィーンの芸術家をとりこにしてしまったのである。ここにはキリスト教的意味をまったく欠いた神秘主義と唯美主義とがある。馥郁たる木立瑠璃草《ヘリオトロープ》の香りと、美しく爪を磨かれた手の官能性とをもった神秘主義と唯美主義とがである」

3

ウィーン分離派の展覧会が第八回にいたって主として「応用美術」あるいは「装飾美術」に捧げられて、それまでは絵画中心であったといったが、第二回においてもすでに実は装飾芸術にも重要な位置を与えられていたし、第一回からウォルター・クレインが片隅のではない参加者としてあるということから、第八回が格別の転向でないことは明らかだ。はじめからウィーン分離派にはオルブリッヒ、ホフマン、コーロ・モーザー等々デザイナーが参加していたわけだし、当時のアヴァンギャルドの芸術の動向自体が、純粋美術と応用美術、装飾美術との垣根を取払う方向にあったのだから。またこのアヴァンギャルドにはモリス運動の影響、余波があったともいえるだろう。

もっともウィーン分離派はヨーロッパ全体のアヴァンギャルドを糾合したおもむきがあるから、出品メンバーにセガンティーニ、トーロップ、ホドラー、ムンク等々があるのは当然だが、それらの名もまた装飾芸術と対立するものでないわけで、ブリテンからの参加者がアシュビイ、クレイン、マッキントッシュとグラスゴウ派、それにビアズリであるのは何の不思議もない。

しかし、私の関心がマッキントッシュのウィーンにおける運命に集中するのは、たとえばアドルフ・ロースの方向——無情なほど立方体的形態と装飾の完全な欠落、つまりワルター・グロピウスと共通な方向に、モリス運動を要約してしまうことに対する疑問からであろう。ドイツ工作連盟の方向と違って純粋主義者ロースの中にも残る不純物にむしろ興味があるのである。だが、マッキントッシュといえばホフマンとオルブリッヒということになるが、特に前者との関係がどうしたって問題になる。

オルブリッヒはローマ賞受賞研究期間（当然イタリアの地ということが意図されている賞であるが）の後半をイギリスで過して、アーツ・アンド・クラフツ運動に対する深い共感を抱いたのだが、ホフマンは同じローマ賞をとってイタリアに留学した。しかし、その地の古典あるいはルネサンス建築のみならず、イタリアの田園地方の無名の建築物に強い興味を抱き、数知れぬデッサンを残したという。こういう興味のありかたが、イギリスの同時代のいわゆるドメスティック・リヴァイヴァル、なかんずくヴォイジへの共感の土台としてあったのだ。ヴォイジはモリス以後の世代で、もっとも重要な建築家・デザイナーといわれる。一八八〇年には壁紙及びテキスタイルのデザイナーとして出発したが、フィリップ・ウェッブ、リチャード・ノーマン・ショウといった建築家が切りひらいた住宅建築改革の後を継ぎ、さらに独創的な展開を見せ、とくに中型住宅及びカントリ・ハウスに抜群の腕を見せた存在である。このほとんど体質的な共鳴から出発して、アシュビイのギルド・オヴ・ハンディクラフツやグラスゴウ派へと興味の触手をひろげていったらしい。しかし、それが決定的になったのは一八九九年、二十九歳で応用美術学校 Kunstgewerbe-schule の教授になった時からであった。これはもともとイギリスのサウス・ケンジントン博物館が直属の学校をもったのを模して、オーストリア芸術産業博物館の付属施設として一八六八年に設立されたものなのだが、一八九九年、ウィーン分離派のフェリシアン・フォン・ミルバッハが学長になるや同志をスタッフに据えて急激な改革をしたのだった。おかげであっという間にこの学校は、美術とデザインの分野での当代の発展の、なかんずく英語圏における発展の研究センターとなった。当時学生であったココシュカはこの学校を「ヨーロッパでもっとも進んだ学校施設の一つ」といい、そこでは、豊富なライブラリと応用美術における当代のフランス、ベルギー、ドイツ、そしてイギリスの実作品をまのあたり見ることができるのみならず、「ラスキンや彼の激烈血気の使徒ウィリアム・モリスが抱き、スコットランドにおいて、〈グラスゴウ・ボーイズ〉によって発展させられたもろもろのアイデアが、熱烈に論議された」という。

ラスキン、モリスからグラスゴウ派へという端的な線の伸ばし方に注目したい。しかし、ホフマンは具体的な運動組織としては、前述のアシュビイのギルド・アンド・スクール・オヴ・ハンディクラフツをモデルとしたのである。一八八八年ロンドンで創設されたが、後にチピング・カムデンという地方に移り、根を下した。アシュビイは後年のモリスのように、これを社会改革の理念と結びつける運動体としたのである。

ホフマンとその盟友コーロ・モーザーは若い銀行家のパトロン、フリッツ・ヴェルンドルファーの援助の下に、〈ウィーン工房〉Wiener Werkstätteを一九〇三年に正式に発足させた。

ホフマンとモーザーの親友であるヴェルンドルファーは業務上、ブリテンとの深い関係をもち、何度もその地を訪れており、ブリテンとオーストリア双方のデザイン上の動きを結びつけるという理想を心にそだてていたのである。すでに一九〇〇年春、マッキントッシュをグラスゴウに訪れている。明らかにホフマンの示唆によるものだ（その直前、フォン・ミルバッハは第八回展覧会準備のためアシュビイを訪れているが、これもホフマンの提案によるものだった）。第八回展覧会の後、モリス理念のワークショップ設立の具体化をホフマンとモーザーが計っている時、それをヴェルンドルファーの手紙で知ってマッキントッシュは強い支持の言葉を贈り、同時に〈ウィーン工房〉の印章のデザインを捧げた。世界的に有名になった二つの頭文字WWを組合わせたものである。

ヴェルンドルファーはマッキントッシュ、及び夫人の大小の作品を購入していたが、一九〇二年には自邸の音楽室のデザインを彼に委嘱した。同年十二月、ホフマンはフォン・ミルバッハとともに、グラスゴウにマッキントッシュに会いに出かけた。ホフマンは後年（一九二六年）、WW設立の経由を語った講演で、そのグループの基盤を「ラスキンとモリスから発する展開の現代に至るまでの絶えざるプロセス」と述べたが、マッキントッシュという個性をなかだちとしたことが、そのウィーンにおける「展開」にある個性的な色合いを与え、それがモリス運動の中でも、見落されてはならない夢の織り方の系譜を暗示するとは、私が繰返し述べるところだが、そのことの中身に今一つ入るためには、ウィーンはホーエ・ヴァルテのハウス・ブラウナーなども見残して、「応用美術館」も素通りして、ウィーンを一時立ち去りグラスゴウを訪れなければならない。

マッキントッシュの装飾的抽象の急進性と色調の抒情的優雅との矛盾的同時併存、構造的要素と官能的要素の緊張といった特性が、アール・ヌーヴォー的幻想から機能主義的直線化への路を歩み始めていた一九〇〇年のウィーンの嗜好に投じたとだけいったのではすまない何かがあるという思いのみをだいて今は、ウィーンへの擦過的旅行者はそこを離れるよりしかたないのである。

参考書目

Nikolaus Pevsner, "Charles Rennie Mackintosh", *Studies in Art, Architecture and Design*, Vol. 2, Walker, 1968.
T. Howarth, *Charles Rennie Mackintosh and the Modern Movement*, Routledge & Kegan Paul, 1952.
Eduard F. Sekler, "Mackintosh and Vienna", *The Anti-Rationalists*, ed. by J. M. Richards and N. Pevsner, Architectural Press, 1973.
Peter Vergo, *Art in Vienna 1898–1918*, Phaidon, 1975.

グラスゴウ美術学校

1

「今時分、スコットランドにわざわざ出かけるなんて、あなた方はまるで殉教者ですね」。そういって笑ったのは、エディンバラ行きの汽車で乗り合わせた、ノルマンディ生まれのエディンバラ育ちで今はどこかニュー・キャッスル・アポン・タインの近くの海辺の町に住んでいるという中年婦人だった。一月の中旬近くだったか、いわれて見ればもっともながら、この冬場にグラスゴウに行くということは、何もロッホ・ロモンドやクライド海岸へ行く足がかりでないことは自明であって、では何しにと問われればこれもまた口ごもるだけのことではあったが、まあマッキントッシュ作の建物グラスゴウ・スクール・オヴ・アートは見ようと思っていたことは確かで、そして具体的な目的といったらこれだけであった。

しかしグラスゴウは、エディンバラなどもそうであったようにそれほど寒くなかった。駅に着くや、真先きに街の人に路を聞き聞き、バスを乗り継いで、その建物の傍に立ったのは昼近くだったろうか。街の中心からかなり離れて高台というか傾斜地にそれはあった。あたりはガランとして人通りがほとんどないのは日曜日のせいか。東西に幅広い、といっても二〇メートルくらいのレンフル・ストリートが走り、それに北面して、ほぼ矩形のファサードを見せる。西側は、西がスコット・ストリート、東はダルハウジ・ストリートという二本の急な坂道に囲まれる細長い敷地である。だから北の正面から南の底部までは三〇フィート、つまり一〇メートル弱もある。灰色の土地の石、ギフノック・ストーン（石灰岩だろう）と煉瓦が使われているが、くすんでいて、特にまわりの建築物とはきわ立って鮮やかな形姿を示しているというより、いっそう目立たない感じであった。

2

だがじっくり見てみよう。いやそのために遠廻りをしよう。これはそもそも一八九六年、マッキントッシュ、二十七歳の時、新しいグラスゴウ・スクール・オヴ・アートの建物の競技設計に勝ち、一八九七年から十二年かかって完成したものだ。年少の時から建築家の道を志していたマッキントッシュは、当時まだ当然ながら、何年か通って卒業さえすれば「建築家」のライセンスが与えられる学校などグラスゴウにはなかったから、建築事務所というか、既成の先輩の仕事場に徒弟として入り、そこで腕をみがいて、さまざまな展覧会や競技設計で賞をとって行って世間に一人前として認められるというプロセスをとらねばならなかった。一八六八年生まれだから一八八四年、十六歳の時、アラン・グレン・ハイスクールを出るとすぐに、ジョン・ハチスン建築事務所に入った。同時に、スクール・オヴ・アートに夜学生として通い始めた。当時、徒弟修業は五年というのが都市でのならわしで、最初の一年は無給、第二年目に年給一〇ポンド、次の年から五ポンドずつ昇給というものであったという。そこの五年を終って一八八九年、ハニマン・アンド・ケピイという当時有力な事務所に製図工《ドラフツマン》として入った。

ところでスクール・オヴ・アートでは一八八四年以降八年間というもの、彼はさまざまの賞の入賞者リストに絶えず定期的に載る存在であった。だから一八八九年（二十一歳）においては、すでにむしろ花形学生であったのだ。ハニマン・アンド・ケピイに入って一年後（一八九〇年）、アレグザンダー・トムスン・トラヴェリング・スカラシップというスコットランドでもっとも人に欲しがられた賞を、パブリック・ホールのデザインで獲得、ラスキンとベデカを手にイタリア建築旅行をしたのである。その翌九一年には、そのデザインと科学芸術博物館のデザインとがサウス・ケンジントンに送られ、ナショナル・シルヴァー・メダルを獲得、もう中央にも知られる前途洋々の若き建築家であった。しかしこれらは製図技術はむろん卓抜であったが、まだ伝統的な古典主義的なものであったり、そのイデオムが、アーツ・アンド・クラフツ運動のゴシック主義とイタリア風の混合であったりした。もっとも彼がイタリアで何を学び、どう生かしたかは別問題であるが。

しかしこういった建築デザインの図面、デッサンとは別に、水彩画やスケッチや工芸品や、つまりもっと自由に自分自身を表現できた表現媒材では何か新しい特徴がそれぞれ現われ始めていたのである。精確な建築スケッチや父親の園芸好きの影響の見られる精妙きわまる花の研究と並んで、不思議な見なれぬもののデザインが現われてくる。それらは思いがけないところから霊感を得ているものだった。それは母親の台所のテイブルの上にある半分のキャベツの微妙な「葉飾り」であったり、截ち割られたリンゴのやわらかく流れるような曲線や種のかたまりであったり、しなびてしまったタマネギのグロテスクな幻想であったり、水中植物の球根であったり、さらに顕微鏡下の魚眼であったりした。また、彼は一つのソネットや数行の散文を選び、そのまわりを抽象的線（まさに前述の思いがけないものの形から抽象された）で飾り、仕上げを紫、黄、緑の薄い水彩絵具でするという試みをよくしていた。

マッキントッシュはこれを実用目的のもの、つまり蔵書票、ポスター等々に応用したのである。たとえばグラスゴウ・スクール・オヴ・アートの賞状（一八九三年と推定されている）、「この完全に抽象的な帯状の髪の毛、衣服の垂れた裾、そしてそれぞれ上に伸びる一枚の葉（あるいは果実）になっている木とはまったくマッキントッシュのものである」（ニコラウス・ペヴズナー）。またグラスゴウ建築協会の懇談会《コンヴェルザチオーネ》のプログラムのカヴァー・デザイン。官能的な曲線と悪意ある半分鳥で半分植物のふるえるような垂直線。これが一八九四年である。

上・マッキントッシュによるグラスゴウ美術学校卒業証書（1893年）
下・グラスゴウ建築協会懇談会のプログラム（1894年）

この頃から同じ事務所の同僚にして同学の人ハーバート・マックネアと急速に親しくなり、マックネアもまた同様な試みをしていた。また同じ頃、マーガレット及びフランシス・マクドナルド姉妹と親しくなる。彼女らはスクール・オヴ・アートの学生で、校長のフランシス・ニュウベリの愛弟子だった。ウィリアム・ブレイクやラファエル前派の影響を深く受けたこの姉妹が、マッキントッシュやマックネアと芸術的同一血族であることを直ぐに発見したに違いない。また実際、のちにそれぞれ結婚することにもなるのだが、これら「四人のマック」は文字通り「四人組《ザ・フォー》」と呼ばれ、グラフィック、金属打出し細工、クラフト・ワークその他で協同作業を開始した。一八九六年のアーツ・アンド・クラフツ展にマッキントッシュの長椅子《セトル》、マクドナルド姉妹の時計、金属細工のパネル等出品した。これらで初めていわゆるマッキントッシュ＝マクドナルド・スタイルといわれる線のデザインの不思議なマナリズムがイングランドの大衆に公開されたのであった。それらの主な特徴は長い何本もの線である。時として完全にではないがほとんど平行の線が螺旋状に上昇し、また時として、けして鋭角にではないが互に交差する長い線の群れ。この起源は当然、アイルランドやノーサンブリアの彩飾写本（つまりブック・オヴ・ケルズやリンディスファーン・ゴスペルズなど）であり、当時次第に広く知られるようになったハイ・クロス（いわゆるアイリッシュ・クロス、石の十字架）の彫刻にあることは間違いない。W・B・イエイツの『アシーンの放浪及び他詩篇』が刊行されたのは一八八九年だが、それを刺戟したグラント・アレンの説――チュートン的あるいはチュートン化されたイングランドに対するケルトの影響の波の回帰を主張した――は一八九一年であるから、いわば最初期の「ケルト復興」の実践でもあったわけだ。建築デザインにおいても、一八九四年の〈グラスゴウ・ヘラルド社〉新社屋のデザインにおいて初めて現われた角の塔の先端部の下の部分の長い曲線は、建築家としてのマッキントッシュの祖先の系譜を次のようなところに見出させるのである。すなわちウィリアム・モリスのテキスタイル・デザインに、ロセッティやバーン＝ジョーンズの絵、ホイッスラーやその友人の建築家ゴドウィンの新鮮さ軽さに。むろん、八〇年代のマックマードウ、ビアズリ、そしてヴォイジのあの簡素ですっきりした住宅デザイン、それらの響きもある。前述の長椅子の天蓋まで真直ぐ伸びる紡錘型の柱もまたヴォイジやマックマードウの好むところのものでもあった。

また、ヤン・トーロップの「三人の花嫁」は一八九二年に画かれたものだが、それが『ステューディオ』誌、世紀末のイギリス、いなヨーロッパ全土に圧倒的な影響力をもった雑誌だが、これに出たのが九三年である。この絵のグラスゴウの「四人組《ザ・フォー》」に与えた影響については諸家は口を揃えていう。このジャワ生まれのオランダ人は、ベルギーのアヴァンギャルドの中で育ちはしたが、ブレイク、ラファエル前派の影響を受けたばかりか、アイルランド人を妻として古代ケルトの世界を発見しているわけで、グラスゴウ派との親縁性はきわめて当然のことであった。「ブック・オヴ・ケルズ」の組紐の旋回、奇妙な植物の茎や根に似てグロテスクに引き延ばされた動物像などはマッキントッシュのグラフィックに多分の共通点があるからである。

この傾向は一八九七年の有名なブキャナン通りのティー・ルームの壁面装飾を頂点としている。

根や茎や花のもつれに絡ませられた背が高い直立した女性像は「ケルト的なるものとアール・ヌーヴォーの中間を行くスタイル」（ペヴズナー）であるというわけだ。しかし、マッキントッシュはこのティー・ルームのすべてをデザインしたのである（パネルはジョージ・ウォルトンの手になるし、椅子はモリス・グループのサセックス・チェアだが）。陶製食器類、食卓用金物類（ナイフ、フォーク、スプーン）、花瓶、他の食卓用具類、カーペット、ガラス、鉄細工のパネル、壁等々。この内装の有機的綜合性は当然、外部空間と内部空間のスタイルの連続性、統一性の問題を提起する。ここでまた少し元へ戻って、グラウゴウ・スクール・オヴ・アートに行かねばならぬ。マッキントッシュの魅力は「ケルトとアール・ヌーヴォーの間」にあるのではなく、アール・ヌーヴォーを超える何かにあるのだろう。むしろそこにどのように「ケルト的なるもの」や「ブレイク的なるもの」が働くかということが私には関心がある。このことはまた、マッキントッシュがなぜイングランドでは受入れられなかったかという問題と深く絡まっていることであろう。アーツ・アンド・クラフツの面々の健全好き、アール・ヌーヴォー嫌いに原因を求めることはむろんできる。しかしそれだけではないだろうというのが、私の予想である。

3

こうしてみると、スクール・オヴ・アートの校長フランシス・ニュウベリがその新校舎をマッ

グラスゴウ美術学校の正面外観（撮影・川端康雄）

キントッシュに委嘱したのはまことに自然なことだった。ともあれ、私はこの建物を正面から最初に一瞥した時に受けた、鮮烈というのでない、むしろ意外な印象から出直さなければならない。正面から見れば、それは普通の二階建ての矩形の建物である。というのは当時としてはすこぶる斬新な「機能主義」的なものである。驚くほど単純で、内部のステューディオの巨大で規則正しく配置された窓しかない。しかもその縦仕切《マリオン》りと横仕切《トランサム》りは完全に刳型のないものだ。正面入口がなければ完全に全体はガラス窓で格子《グリッド》になっていただろう。そうなればグロピウスのファグス靴工場だ。

ところがよく見ると左右非対称である。二階は一階の倍の高さの窓をもつが、正面から右は四つずつ、左は三つずつある。また正面入口は微妙な平面の抑揚、つまり空間的波動形をもっているのである。ペヴズナーによれば「バロック様式とスコットランドの古い御殿造り風と、ノーマン・ショウ＝ヴォイジの伝統の三つの要素を自由に左右非対称的に組合せたもの」だという。それから目につくのは壁面を飾る、といって実用目的もあるわけだが、非常に細い金属細工である。二階の窓の前にある鉄の腕木は、窓拭きの際の板支えであるが、透けた花のような球体がついており、また棚は細長い垂直部分と上部に典雅な曲線部分とをもち、さらに葉のモチーフと鳥のある球型の細線細工が施され、まったく装飾的である。

もうこれ以上その内部についても、ヒル・ハウスにも、その家具、椅子のデザインにも、ウィロウ・ティー・ルームにも触れられない。しかし、絶えずそれらにあるのは、アール・ヌーヴォーの蠱惑的な曲線とモダン・ムーヴメントを先取りした厳格な垂直線との同等の重味をもっての併存ということだろう。その、黒白の対比と、淡くやわらかなピンクと菫色の組合せとは同様に本質的である。陳腐ないい方だが、清純なエロチシズムといったところがある。機能的なものと装飾的なものとの融合といってしまえば何のことはないが、装飾的急進性とその色調のリリシズムとの矛盾、構造的要素と官能的要素の緊張というようにいわれることが指し示そうとする矛盾の構造は何であろうか。S・T・マドセンのいうように、イギリスの芸術家に共通する重要な装飾原理でもある簡素単純厳格な装飾への志向を強く主張したアーツ・アンド・クラフツ運動の仮借ない闘争の必然的な結果として、マッキントッシュにあっては、大陸のアール・ヌーヴォーと違って、その装飾が過度にわたることが決してなく、装飾が作品全体をおおい、これを支配することがなかったのだろうか。マッキントッシュのアーツ・アンド・クラフツへの妥協ともみられるこの説はどうかなと思うが、しかし、アーツ・アンド・クラフツとも共通する装飾原理の貫徹の指摘としてみればうなずけるところもある。

だが、ペヴズナーはいう。「しかし、マッキントッシュのもっとも目ざましい椅子のうちいくつかのものを見ると、彼の格子《グリッド》の使用は本当に構造的——摩天楼の架構《グリッド》配置の意味で——であるという人の信念はゆらいでくるのが当然であろう。明確な垂直線、水平線はそれ自身マッキントッシュにとって魅力だったに違いない。つまり、彼の張りつめた曲線に対する美的対位点であり、華奢な花や女性的な色調に飽満しないための安全装置であるわけである」。つまり「構造」は

ヒル・ハウスの寝室用椅子（1902年）

「機能」的意味をほとんど失いかけているというのだろう。

しかしそのこと自体、もっと底の深い何かの現われの部分的な動きに過ぎないのではないか。イタリアの批評家フィリッポ・アリソンはいう。マッキントッシュの文化的下部構造《サブ・ストラクチャー》には、スコットランドの豪族御殿《バロニカル》建築の威厳にみちた象徴的表現やその精神と、北ヨーロッパ中世主義のゴシック的要素があり、そこに蔓延する花のような装飾要素を挿入したのだという。家具デザインにおいては、ゴシック的要素はその本質的な動的なエッセンスに還元されてしまい、伝統的なケルトの絵画的な図像は、自己満足に対立する刺戟的な役割をもつ秘儀的な象徴に還元される。スコットランドの豪族御殿と北方的家具のヴォリュームとマッスが純化されて始原的な確固たる形体の幾何学的完璧に至っている。そして装飾の二次元性を強調するために構造の三次元性を使うということをしているという。「椅子の構造は、調和のとれた直交的構成によってリズミックな抑揚と化し、その三次元性は、音色《トーン・カラー》の機能に収斂されてしまっている」。フィリッポ・アリソンは、マッキントッシュの椅子の原図から多数を復原したのだが、この椅子の構図には、いつも中世スコットランドの峻厳な僧院風の形態の響きが感ぜられるというのである。

空間音楽のリズムが造型伝統の本質だということだろう。そうだと思う。アール・ヌーヴォーのイギリス起源といわれるものと、モリス運動の造型感覚との関連がやっとかすかに見えるところまできた。そして日本趣味の位置づけも。

参考書目

Filippo Alison, *Charles Mackintosh as a Designer of Chairs*, Warehouse Publications, 1973.
Robert Schmutzler, *Art Nouveau* (English Translation), Abrams, 1962.
S. T. Madsen, *Sources of Art Nouveau* (English Translation), Da Capo, 1967.
Holbrook Jackson, *The Eighteen-Nineties*, Grant Richards, 1913.
T. Howarth, *Charles Rennie Mackintosh and the Modern Movement*, Routledge & Kegan Paul, 1952.
N. Pevsner, "Charles Rennie Mackintosh", *Studies in Art, Architecture and Design*, Vol. 2, Walker, 1968.
————, *The Sources of Modern Architecture and Design*, Thames & Hudson, 1968.

イギリスのオークについて

1

ヨーロッパ文化における森あるいは木の果した役割ということについてふと考えると、日本でもこの七、八年ぐらい様々な学者が色々な角度から発言していることに気づく。

たとえば地理学者の水津一朗氏は日本は「木材文化」、ヨーロッパは「石材文化」という対立図式を越えて、ヨーロッパの生活・文化は石と木材とのたくみな組合せの上に発達したというところに独自性がある、つまり石と木の混合文化圏であることがヨーロッパのヨーロッパたるゆえんであることを提唱したことがあった。いわゆる和辻風土学の「湿潤」と「乾燥」に対応して「木材」と「石材」との綜合があるというのだ。木材を基本としたモンスーンアジアや、土や煉瓦を基本としたステップ地方に対して多彩で豊かなヨーロッパ。そしてこれはさらに農業における畑作と牧畜の混合に対応するというわけである。もっともその「綜合」の構造が具体相に即して論証され明確にされているというのではなかったが、「綜合」の基盤にあるものはヨーロッパにおける森林のありかたであることを示唆しているところが興味ある。すなわち、そこでは森林と牧地と麦畑との間に、立地上きわめて密接な類縁関係があるということである。森林は開拓されると容易に牧地にかわり、また立派な麦畑になる。そしてまた畑地が荒廃しても、植林されて森林化したり、牧地に変化したりする。森林・畑・牧地の間にスムーズな代替性があるということもつけ加えられる（『石の文化・木の文化——ヨーロッパ文化の地理学』古今書院、一九六九年）。

このことが「石と木の綜合」といかにかかわりあうかもまた深く触れられているわけではないが、同じ水津氏は最近、ヨーロッパ中世城壁都市文化の成立にからんで、「本来ヨーロッパが、森林的風土であった」という地理学的背景の重要性を論じている。農地に混って森林でおおわれていた中世風土の中に、明瞭な輪郭をもって成立している石の城壁に囲まれた石の都市は、むしろ森林に鋭く対立するものではないか。なるほど本来ヨーロッパは森林的風土であった。「家屋にも、家具にも、燃料にも、古くからゆたかな木材が利用されてきた。樹木の王者は、地中海世界のオリーヴ樹にかわって、ここではかしを始めとする落葉広葉樹であった。これらの硬木は、日本の針葉樹のような木理《もくり》のこまかさには欠けるが、塗装することによって素材にはない独特の美しさを発揮する。堅硬なこれらの巨木を自由に駆使して、ヨーロッパの住民たちは、あのガウのコスモスの中で、早くから独特の木の文化をつくりだしてきた」という。そうであるとして、木と石の関係はどうか。

勝手に水津氏の議論を整理すると、第一に「ヨーロッパの古い木造家屋の尖端迫持《せりもち》式架構部の構造と（石造の）ゴシック建築との間には、本質的な関係があるといわれる」。第二に「十世紀ごろまでは、教会や修道院の土台や壁面は石造でも、屋根は木造が多かった」。第三は「伽藍や城館や市庁舎は石造りにかわっても、市民の町屋は、おそくまで木造（や煉瓦造り）であった」。

第四は「冷たい石の壁や柱」でも木製の家具・調度類が必ずある。

第二、三、四ともに、それらでは石と木とがうまく調和を保って併存していることが指摘される。しかし「石と木の綜合」はそれぞれ異なったレヴェルで実現されているわけで、「石に移された堅牢な木の文化」というインテグラルな構造が透視されるというわけにはいかない。

だが、ゴシックのカテドラルに森を見るということは多くの人がやってきたことである。シャトオブリアンからボドレールまでなどというまでもないが、水津氏もまた「ゴシックの林立するような石柱は、ヨーロッパに特有の下生えの少ない、真直ぐにのびた落葉広葉樹の森を彷彿さすものがある。教会堂の柱や塔が、よく聖者の名をつけて呼ばれるのは、かつて巨木に宿った神々のわずかな片鱗でもあった。ステンドグラスをとおって人工の着色光の乱舞するゴシックの堂内は、陽光が重なりあった葉蔭をもれるその樹林の「内面的形象化」であろうか」といっている（「城壁都市の文化」、『講座比較文化第三巻』研究社、一九七六年）。

歴史家の木村尚三郎氏は右の書物の編集者だが、あるシムポジウムですでに同趣旨の発言をしていた。たとえば「教会のなかにはいりますと、身廊の両側に束ね列柱がずっと並んでおりまして、その一本一本が上方で束をほどきまして、いくつもの小枝になってひろがり、穹窿天井を形づくっておりますが、あれはカシワの木が上へ高くのびて沢山の枝を開いた恰好とまさに同じではないかと思うのです」とか「カテドラルは人工の都市につくられた人工の森、あるいは森の中の空地、集会も開けるような場であったという気がします」。木村氏はヨーロッパにおいて森林の持っていた意味を考える上での一つの例としてあげたまでであって、木と石の綜合というようなことを考えてのことではない（日本文化会議編『自然の思想』研究社、一九七四年）。

美術史家の柳宗玄《むねもと》氏もまた早くからヨーロッパにおける「幻の木の文化」を説く人であった。「われわれは西洋を旅するとき「石の文化」に圧倒されるが、実はその背後に巨大な「木の文化」があったのではないか」「少くとも中世末期までは人間の生活環境を支配していたものは、木であったのではないか」といい、やはり中世の教会建築について語る。現存する木造教会の話の中で、ノルウェーでの一三〇〇年頃の教会総数の七割を木造教会が占めていたという説にふれたり、「半木造ならば、実は中世の教会のほとんどすべてがそうだといってよい。一見全石造のように見える建物でも、中へ入ると天井が木造というのは非常に多い」といって、パリのノートル・ダムの屋根裏での「思いもかけぬ木造建築の大空間」の経験を述べている。またゴシック聖堂が森を思わせることについても、むろん。さらにまた「柱頭の装飾一つとっても、ゴシック建築のそれは、大部分が樹葉であり、時には木の葉の間に木の実や花などあるいは小鳥や小動物が姿を現わす。ロマネスク柱頭の方には、空想的な怪人怪獣さらには宗教説話も表現されはするが、最も普通な装飾主題はやはり樹葉なのである。いずれにしてもこれらの石の世界の中にガリヤの森のあらゆるものが、幻のように忍び込んできているのだ」。ただ「森」といわず、「ガリヤの森」とあるところに注目願いたい。柳氏は「木の文化」という時、ケルトの伝統が頭にあるのだ。ヨーロッパ中世に残されたケルト文化の痕跡を検証し、ヨーロッパの歴史におけるケルト文明の復権が望まれていることはいうまでもない。ヨーロッパの基層文化としてのケルトの伝統という難問である。柳氏は中世の木彫、特にロマネスクの聖母子像や磔刑像などにおけるケルト的感覚を論ずる（『西洋の誕生』新潮社、一九七一年）。

ここでも「石と木との綜合」が考えられているわけではなく、石にひそむ幻の木が問題にされているといえよう。しかし興味深いのは、柳氏が他の論文で次のようにいっていることである。紀元一〇〇〇年前後から始まったロマネスク建築運動の歴史的意味の一つに、西洋が古き「木の文化」から脱皮したことをあげながら、また、その石造建築発達の理由である、耐久性（火災に強い）といったこと以上のものの一つとして、ケルト人の巨石信仰をあげる。メンヒール、ドルメン、またストーンヘンジや羨道《せんどう》付墓室の石による空間構成、つまり、ケルトの森の住人は「石造建築について特殊な宗教感情を抱き、これを聖堂建築の理想としたと考えられる」（「ロマネスクとゴシックの世界」、『岩波講座世界の歴史10』一九七〇年）という。石は木から脱皮しながら実は木の内奥にひそむ宗教感情によって呼び出されているというのである。この木と石の断絶と連続。

これは少くとも「綜合」よりは面白い。「木の文化」といい、「石の文化」といっても、その際、木も石も比喩を出ないだろう。だから素材による限定のされ方だけをなぞっていても、文化の構造はむろん見えない。「木の文化」というなら、木によって生れるもののみならず、木を使う形式や能力を見なければなるまい。

2

たとえば古典主義建築のオーダーというものを考えてみようか。「オーダー」とは神殿の列柱における「柱と上部構造」全体の基本単位であるとされるが、その柱が支えている上部構造たる水平部分、いわゆるエンタブレチュアには、特に構造的意味のわからぬ（装飾的・象徴的価値もわからぬ）細かいものが沢山ついている。このオーダーはその形態を原始的な形の木構造に負っていることは衆知のことであろう。

ドリス式オーダーにおいてコーニス（エンタブレチュアの上段部）中のミューチュールと呼ばれる部分は雨水を滴らせる軒を、柱から離して戴き、軒を支えるために突き出た片持梁の端であり、その下のフリーズという部分に縦に三本、付き柱のように見えるトライグリフは、交叉梁の端に違いない。これらはみな推定ではあるがそれ以外に考えられない。「古代世界最初の神殿は木造であった。次第にそれらの神殿のいくつか、とりわけ特別の神聖さを備えた神殿が、石で建て直されるようになった。恒久的石造建築に建て替えるにあたって、それまでの多くの尊敬を集めてきた昔ながらの形態がそのまま残されることになったのは、もっともなことであったろう。木造のエンタブレチュアに由来し、既にある程度様式化していたに違いない木造技術は、ここに石や大理石に写されたのであった。それ以後、新しい敷地に建つ石造神殿がこの写しを写したであろうことは疑いなく、すべての形が静謐のうちに落ち着き、伝承された定式となるまで、これはつづいた」とあるイギリスの建築史家はいっている（J・サマーソン『古典主義建築の系譜』鈴木博之訳、中央公論美術出版、一九七六年）。しかしこれは、「あの古代ギリシャの神殿建築の俤《おもかげ》が残っている」とは辛うじていえようが、「石に移された木の文化」とはいえなかろうし、「石と木の綜合」でもなかろう。

石に移しかえられた木の形態は、単なる模倣や再現に終らず、石の特性に適応するように修正されているか、二義的なものにされてしまっているからだろうか。「先行した木の形態を借りたとしても、その全体の基調は、石の性質に結びつく技術と形態の追求につらぬかれており、その追求の途上で、原型としての木の形態は消え去るか、また二義的存在に変わっていった。……地中海文明圏においては、木造建築が石造建築に先行していたとはいえ、それが建築形態として充分成熟し洗練される以前に、石造建築の歴史が始まったと見るべきであろう」（山本学治『素材と造形の歴史』鹿島出版会、一九六六年）。木は石の上にわずかな影をとどめているに過ぎないというわけだ。

これはさらに中国の場合と対比される。

「中国の石造また塼造《せんぞう》（煉瓦造）の建築は、約二〇〇〇年の歴史を通じて最後まで、……石特有の形態をつくりださなかった。これは、石造または組積造という材料や構法の制約によって矮小化された木造の形態の模倣に、終始したのである」（同上）

木の影響があろうと断乎石に向う道と、石を使おうともやはり木に向い続ける道とあるということになる。しかしそうなら、なぜそうなのか問われねばならぬ。木や石で文化を説明するのではなく、文化で木や石を説明せねばならない。

石の上の木の影はしかし、オーダーとして規則化され定式化されて、建築表現の文法の基本要素として、成句として、語彙としてヨーロッパの建築伝統をかたちづくる。機能的必要でもなく、装飾パタンでもなく、表現手段の単位として、言語としてである。これは「石の文化」ではなく「文化」である。石に向うというなら、この「文化」のなかに秘密があって外にはないのではないか。

川添登氏は日本文明は木の文明である、建築の主体構造に木材以外の材料をまったく使わなかった特異な文明であるとした。日本列島が木材資源に恵まれていたこと、鉄器時代の訪れが文明の訪れになったことに理由は求められるが、しかし、古墳を見ても後世の石垣を見ても日本人は石造建築の技術にも資源にもこと欠かなかったにもかかわらず、はじめから木以外で建築をつくる気がなかったのはなぜかというのである。そして川添氏は原始日本の世界観が日本人のベイシックカルチュアをかたちづくり、木のみに向わせたという。その仔細な検討は後回しとして、それに対する林学者の意見を書きとめておこう。

遠山富太郎氏は「一般に、森林イコール木材、すなわち建築用材といった常識が多いのではなかろうか。……ヨーロッパで大切に使われているオーク（水津氏のいうかし、木村氏のいうカシワはみなこのオークのことである――引用者）ときわめて類似している北海道のミズナラのような広葉樹では、素人大工の開拓者にはいつまでたっても掘立小屋しかつくれない。マヤ、インカの人たちが、密林地帯に住みながら石造建築物をつくりあげる技術に習熟したのは、針葉樹のない熱帯の密林が掘立小屋か鳥の巣みたいな樹上住居ぐらいにしか役に立たなかったからであろう」（『杉のきた道』中公新書、一九七六年）と書いている。

建築用材としての針葉樹と広葉樹が対比され、日本はスギを代表とする前者、ヨーロッパはオークを中心とする後者で示される。そして前者の優位（少くとも木造専一の道への理由としての）を述べるのである。さてやっとオークにたどりついた。

3

イギリスは森が少ないという事実を知ると不思議な気がする。むろん現在のこととしてもである。一九六三年の統計（国連ＦＡＯ調査、Ｍ・ドゥヴェーズ『森林の歴史』クセジュ文庫、訳者「あとがき」より）によると、国土に対する森林面積の比率はイギリスではわずか七・二パーセントである。ここでイギリスといっているのはグレイト・ブリテンのことでスコットランド、ウェイルズをふくんでいるから、イングランドだけならもっと数字は下がるだろう。第一次大戦直後などはもっと悪かったらしい。これと同じ数字七・二パーセントを示すのはオランダがあり、下回るのはアイルランドの二・八パーセントだけである。フランスは二〇、イタリアは二一、西ドイツは二九、オーストリアは三八、スペイン三〇、ポルトガル三六だが、ノルウェー二八、スウェーデン五三、フィンランド六九などは、国民一人当たりでは更に桁違いに大きくて、林産国たることを示す。日本はどうかというと六四パーセントで意外に多い。イギリスの九倍、国民一人当たりにしても七倍である。イギリスの場合が「不思議」だったり、日本について「意外」だったりするのは、素朴な日常的実感――生活環境の中での、公園というより森林といいたいような空間の有無――からであるが、少し考えて見ると当り前かも知れない。日本は山地面積が多く（もう統計の厄介にはならない）、山すなわち森林であるのに対し、イングランドには山がほとんどない。むろんだからといって森の少ない理由そのものにはならないが、森林の方が山林より、色々な理由で減少しやすくはあるだろう。イギリスだって昔はこんなことはなかった。しかし、その前に、ヨーロッパの木と日本の木ともし対比して考えるなら、かの地のは平地の木、日本のは山の木と考えねばならぬ。むろん利用する木材としてである。日本には樹木の種類は多く、有用樹種も少なくないとされているが、杉、檜といった針葉樹が圧倒的に中心であることは昔はもちろん今も変らない（むろん今は輸入材が「圧倒的」なのであろうが）。杉の蓄積は約二億九〇〇〇万立方メートル、年間素材生産量約一三四〇万立方メートル、檜はそれぞれ、約一億三六〇〇万立方メートル、約四六〇万立方メートルであるのに対し、広葉樹中もっとも量の多い山毛欅《ぶな》（低山地に生育する）でも、約一億六九〇〇万立方メートル、二〇〇万立方メートルであるという（平井信二・木方洋二『建築用材の知識』地球出版、一九六五年）。つまり、西ヨーロッパでの有用材の大勢はオークを中心とする広葉樹、いわゆる硬木（hard wood）であるのに対し、緯度はそれより低い日本であっても山林中心のため、ヨーロッパではスカンジナヴィヤ半島、ウラル、及び中部ヨーロッパの一部と同様、その大勢は針葉樹、すなわち軟木（soft wood）であるという、ちょっと面白い対比になることを忘れないでいよう。あとでこのことには触れるとして、イングランドのことに話を戻そうか。

イングランドとても、昔から今ほど森林面積が少なくはむろんなかった。一五〇〇年頃には最低四〇〇万エイカーの森林があったという。これはケント、サリ、サセックス、ハンプシャ、バークシャ諸州（南英の主要州）を併せたのより多い位である。ところが一六八八年の記述によると三〇〇万エイカーに減っている。二百年足らずで一〇〇万エイカー減である。建築材のみならず造船材、採鉄用燃料としての需要のためである。十五世紀以前はさらに豊富だったという。フランスより豊かな森林国だったと前記ドヴェーズも書いている。イングランド中部のいくつかの部分はオークの森にびっしりおおわれ、初期の植民者はこれらを避けたほどだ。また今日、前記ケント、サリ、サセックス、ハンプシャ等東南部地方をザ・ウィールド（the Weald）というが、weald というのはそもそもアングロ・サクソン語で森のことであり、現在でも樹木の多い地方だが、樹種の多様で知られている。しかし、かつてはオークは「サセックスの雑草」（the Sussex weed）といわれたほど、多かったという。

森を形成している広葉樹は、オーク（oak, ナラ）を中心に、ビーチ（beech, ブナ）、ユウ（yew, イチイ）そしてホリイ（holly, セイヨウヒイラギ）などであるが、建築材としては常にオークであった。オークがイギリスにとって格別な意味をもっていることなぞ、ことさらいうこともあるまい。ドゥルイド教では、特にオークのヤドリギに神秘的な意義を与えていたとか、古代ギリシア人が樹木の中でもっとも早く神によってつくられたものとし、ゼウスの樹と信じたとか、古代の樹木信仰にかかわることも周知のことであろう。これら古代信仰、神話におけるオークについてはもっと語るべきことは沢山あるだろうけれども、われわれは例によって、その実際の使用され方に関心を集中する。

イギリスに自生するオークに二種類ある。一つは Pedunculate or English Oak（Quercus robur）、他は Sessile of Durmast Oak（Quercus petrae）である。日本の専門家は前者をイギリスナラ、後者をフユナラと呼ぶらしい（C. Hart and Ch. Raymond, *British Trees in Colour*, 1973, Michael Joseph. R. Procter, *Trees of the World*, 1972, Hamlyn.『世界の樹木』広井敏男訳、主婦と生活社、一九七三年）。二種ともアイルランドからヨーロッパを横切って、小アジアまで分布している。イギリスナラは、葉柄がきわめて短いかほとんど無柄で、ドングリ（といっていいか、acorn のこと）を一個、あるいは房状に数個を、長さ七・五センチの果梗《かこう》の先につける。フユナラは、長さ二・五センチほどの葉柄をもち、ドングリは果梗がなく、小枝に直接むらがって着生する。葉とドングリのつき方がそれぞれ丁度正反対である。もっとも間に中間変種が様々にある。今日は、フユナラは、イングランド西部北部の岩石の多い土壌に適し、イギリスナラは、南部の土壌の深い所でよく繁茂する。しかし、両者ともイギリスの自生とはいえ、前述の通りの分布をもつし、イギリスナラは European Oak ともいう。このイギリスナラはかつてはいたるところに多くあったと考えられている。いずれも落葉種であって、日本のカシは常緑樹であり、常緑カシ類は英語では holm という。

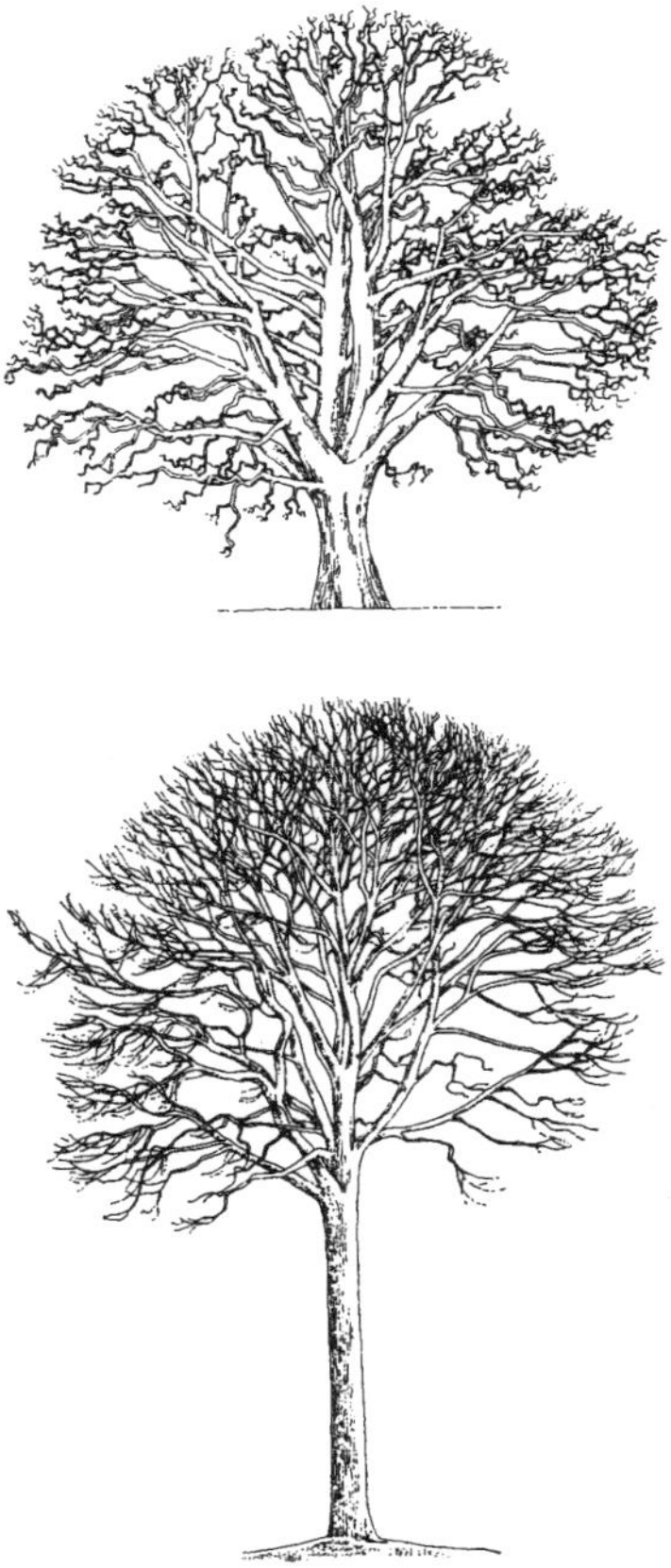

イギリスナラ（上）とフユナラ（下）

ともあれ、このオークは、成木に至るまで二百年、その状態で二百年、さらに枯死するまで二百年、平均樹齢六百年であるといわれる。六十歳で六〇フィートに生長するが、さらに一三〇フィートぐらいまで伸びることもある。イギリスには何々オークという名木は沢山あるが、ヨークシャにあるCowthorpe Oakなる巨木は、そのうろに七十人の人間が入れるほどで、樹齢千六百年は超えるだろうといわれる（もっともこの点なら、屋久島に現存する縄文杉は三千年と推定されている）。

この見るからに威風堂々とした豪壮堅固な巨木が「森の王」the Monarch of the Forestと呼ばれるのは（獅子を百獣の王、鷲を百禽の王として）当然と思われる。この木の建築材としての優秀性、使われ方には後に触れるが、イングランドのナショナル・トゥリーの位置は何といっても七つの海の支配者イギリスの海軍との関係からであろう。鉄が導入される以前のイギリス海軍の木造戦艦群は「木の壁」wooden wallsと呼ばれている。巨大な三層甲板の軍艦を造るためには、九〇〇エイカーのオークの森から三千五百本の成木が選び用いられたという。

ところで前にも引用した遠山富太郎『杉のきた道』の中で、こういう興味ある記述にぶつかる。

「西洋の船が竜骨・肋材の構造船に早く発達していったのは、外航の歴史が古く、丈夫な大船が必要であったことによることが大きいが、資源面から広葉樹の曲った材を利用するのになれていたことや、短いせまい板の使用がやむを得なかったことにもよるのではないか。日本ではスギの長大な厚板がいつまでも入手できたために、ついに独力では箱船から脱却できなかった」

建築の場合は舟の場合と反対である。杉というような直材の得やすい日本では、「柱と桁梁で組みたてられる軸組み構造に終始した」わけだが、その壁面は土でうめたり、また板で張ったりした。その板がごく簡単に得やすいというのが日本の杉（や他の軟材）の特徴だという。しかし、曲った材を使うヨーロッパではどうか。ここでイギリスでの建築材としてオークとその周辺について、すこしばかり追って見る必要があるだろう。

4

イングランドでは、オークとは限らずさまざまに硬木が利用可能であったが、上等な建築物にはほとんど常にオークが用いられた。強くて、木理が密で、耐久性がきわめて大きい。「強い《ストロング》」とはどういうことか。一般に木材というものは、圧縮強度は砂岩や石灰岩なみにあり、引張強度は鋳鉄や銅や真鍮の強度に匹敵し、自然材料のなかで、これほどの抗張力と耐圧力とを同時に持ったものはないという。つまり、軽い割合には曲げに対する抵抗力が非常に強い（山本学治『素材と造型の歴史』鹿島出版会）。オークについてこの性質が平均以上かどうかわからぬが、どうであろうか。何といっても、反りやひび割れが少ないということがオークの特性だ。どんな木でも、乾燥《シーズニング》がうまくいってない場合は、きわめて反りやすい。オークでも、丸太ごと梁材として使用した時は心材の割れ目に沿ってひび割れがしやすい。しかし、四つ割り材は、「グリーン」のままで、つまり乾燥のプロセスなしでほとんど反りを見せない。

柳宗玄が「かつて中世美術史の泰斗マルセル・オベール先生に導かれて、パリのノートル・ダムの屋根裏に上った」経験を書いている。そこは思いもかけぬ木造建築の大空間であった。先生はこういう話をしたという。「この並び立つ柱や梁の間を巡り歩いても、私たちはくもの巣に引掛ることはない。くもがいないからだ。くもがいないということは虫がいないということを意味する。たしかにここの木材は虫が食わない。なぜかというと、中世の人たちは、太い材木のいちばん硬い中心部だけを使ったからだ。そのために木材は単に虫が食わないだけでなく、強靭でしかも軽く、このような屋根裏の建築材としては非常に適しているのだ。しかし中世だからこそこのような木材が得られたのであって、今日ではもうこのようなことは不可能になってしまった」

一般に樹木は（春夏秋冬のあるところでは）その生長過程で年輪をつくる。春から夏にかけてつくられる春材部は、組織が粗糙で軟らかく、色も淡い。夏から秋にかけてつくられる秋材部は、組織が緻密で色が濃い。これが毎年くり返されるから、色の濃く硬いところと薄く軟らかいところが層をなして年毎にふえる。これをつまり年輪というわけだが、木目をつくりだしてもいるわけだ。

しかし樹齢の増加とともに、年輪の中心部分の細胞は樹液の移動、養分の貯蔵等パイプとしての機能を止め、リグニン質、樹脂質、鉱物質などが沈積して、黒ずんだ固い心材《ハート》を構成する。周辺部は辺材として樹液を多くふくみ、軟らかい春材と強靭で密な秋材とで弾力的な層をつくる。日本では前者を赤身、後者を白太《しらた》などと呼ぶらしい。心材は、樹脂中にふくまれる揮発性油が菌類に作用したり、他の成分もまた耐腐性を増す要素であり、害虫にも強く、辺材よりも耐久性が大であるわけだ。ノートル・ダムの屋根材が、オークの心材であることは疑いない。

しかし硬い心材だけを使うということは、曲げ強度が強いという木材の特質からみてどうなのであろうか。オークは杉のように木目の整然と通った直材として得られず、どうしても曲材が多い。だがノートル・ダムの屋根がどんな構造か知らないが、中世に利用されたオークはほとんどすべてハート・オークで最良のものであった。エリザベス朝以後はそういう古材を再利用することが多くなったという。

しかしこういうことがあるという。木組構造の（timber-framing あるいは half-timbering）建築、つまり壁を木の枠でつくり、屋根重量をそれで受け、壁面は漆喰か煉瓦でうめるという構造の場合、その主要構造材は、どんな形かを見ることができるように、生えている木から選ばれなければならなかった。なぜなら建物が設計され、注文されて初めて、それに合う木材が選ばれねばならないからである。したがってその木材は未乾燥《グリーン》で使用される。木組建築のほとんどすべては未乾燥のオークでできているという。

つまりこうだ。直材なら直線的寸法だけで柱や梁として用に立つ。しかし曲材であるなら、用材は二次元的に制約される。だから空間、あるいは平面がデザインされなければ、二次元的寸法がきまらぬ。そうなって初めて木が選ばれる。

最初はしかし逆だったのであろう。曲材を利用するいわゆるクラック構造（cruck construction）

というのがイギリス木造建築の原型であったのだ。クラックスというのはアーチ状に湾曲した木材を二本、床面から対称的に伸び上がらせ、上端で接合する合掌材のことである。壁の柱と屋根の垂木との両方の役割を一挙に果す構造である。自然のカーヴをそなえた木からこのクラックスは伐り出されるのであるが時として一本の幹を半分に割って用いると、シンメトリカルなアーチが得られる。

しかし、これは中世の話だ。一六〇〇年頃までは（そのちょっと後ぐらいまで）、ロンドンも例外でなく、イギリスの大多数の町はほとんどティムバー・フレイムド・ビルディングでうまっていたというが、これがハーフ・ティムバードとも呼ばれるゆえんは、丸太まるごとを使うのに対して、半分に割った材木を用いる技術に支えられた木造建築だからである。だからその言葉はティムバー・フレイミングというものを、建物が地中に打ち込まれた柱《ポスト》の上に立つポスト・ホール構造（post-hole construction）と区別するものなのである。しからば、この構造とオーク材との必然的関係ありやということがふたたび未解決の問題になるのである。

そして十六世紀中葉以降、特に北英部でのオーク材の涸渇などによる高騰のため、以前からも多少はあった外材の輸入、特に松（pine）や樅《もみ》（fir）といった軟木がバルティック海沿岸地方、スカンジナヴィヤ半島から急速に大量に入るような事情も生じてきた。むろん前から国内の栗（chestnut）や橅《ぶな》（beech）の木などがオークの代替物として利用されることはあったが。

また家具類は中世の間ずっと、イギリスのみならず西ヨーロッパ全体でオークが主として使われてきたが、フランスでは十六世紀終り頃から、イギリスでは十八世紀終り頃から、胡桃（walnut）が使われるようになった。のちサティンウッド（satinwood）とかマホガニー（mahogany）といった外材、インドとか西インド諸島とかいう植民地からのものが支配的になってきた事情など、批判的「趣味の歴史」の一環として見る機会をいつか得たいと思っている。

ザ・ランドスケイプ・ガーデン

一般に『アルンハイムの地所』（The Domain of Arnheim）と訳されているE・A・ポオ周知の作品は、最初、The Landscape Garden と題されて発表されたものを、改稿というか、ほぼ同量書き足して五年ほど後に、別の雑誌に発表されたものという。

今その異同を書誌学的に詮議しようというのでは、むろんなく、ただこの landscape garden という言葉に少しこだわってみようというのである。

「庭造りこそは真の詩神に最大の機会を授けるものだ」（松村達雄訳）と考える主人公が、超巨大遺産を手にして、理想的な「アルンハイムの地所」に理想的な庭園を完成するという話であるが、この「庭造り」と訳されているところは the creation of the landscape-garden であり、「造園家を詩人に数えるような定義はこれまでに見られなかった」という時の、「造園家」は landscape-gardener であり、「ある著者の造園術に関する文章」の「造園術」は landscape-gardening であり、ここでの「庭造り」は、すべて landscape-garden すなわち「風景庭園」（と仮に呼んでおこう）にかかわっている。

そしてこの言葉、landscape-garden という言葉は、歴史的限定的な用語であり、ポオも、今論証なしで言うが、明らかにその限定された意味で使っていると思われるから、それに若干の註解を施すというのも意味がなくもないと考えられる。あえてそれをもって小稿の目的としよう。

この言葉の出所は、はっきりして、ハンフリ・レプトン（Humphrey Repton, 1752–1812）という造園家の著書 “*Sketches and Hints on Landscape Gardening*”（一七九五年）からである。レプトンは、いわば「イギリス庭園革命」の主導的役割を果した三人の大造園家たちの最後の年代の人であり、その名で呼ばるべき造園法の変革はだいぶ前から進行はしていた。ハノーヴァー朝最初の王、ジョージ一世から二世まで、一七一四年から一八二〇年までの約一世紀が（この間にイギリスの今日見られる田園風景というものはほぼ造られたのである）、この革命のもっとも華々しき時期とされているが、とすればこの言葉は、むしろこの激動期を、もう終るものとしてではなく、永続的な力を信じてではあるが、ともかく振返って概括特徴づけたものといえる時期のものである。

それまでは、イギリス庭園、近代庭園、あるいは単にプレイス・メイキングなどと呼ばれていた。イタリア庭園、フランス庭園、スペイン庭園などと比較された上でのイギリス庭園という言い方は、今日でも一般的であるが、「風景庭園」と一〇〇パーセント一致するものかどうかは今は問わぬ（ヨーロッパ大陸でこの呼び名の庭園が多いのも周知のこと）。

ともあれ、レプトンがそれらに代ってランドスケイプ・ガードニングという言葉を採用したのは、「この芸術（造園術）は、風景画家（landscape painter）と実際的な造園家とが結合した力によってのみ、その進歩と完成が可能になるからである」と言う。

この言葉はなかなかに意味深い。人はこの用語にあるいは形容矛盾を見るかも知れない。ランドスケイプというのは、一目で見られるものすべてを包含するのに対し、ガーデンというのはgardやyardから由来しているように、閉じられた空間を意味するからである。しかし、ランドスケイプは右のような意味より先に、基本的にはそもそも画家の専門用語として導入されたものであり、海の絵とか肖像画とかと区別される陸地の自然の景色《シーナリ》を描いた絵を指すものであった。

だからレプトンの先の言葉には比喩的な要素はまったくない。文字通りの意味しかないのである。つまり、風景画家の画く風景美を造園技術によって表現することなのである。ランドスケイプ・ガードニングとは、いわば「風景画風造園術」というべきものだろう。ここでのポイントは「風景画の美」ということである。自然美とも違う（その発見に淵源するとしても）、新しい美意識の分節化としての「風景画の美」を媒介として、人工的に自然美を造ると一先ず言えようか。

ふつう英和辞書には、「美しい景色をつくり出すための庭園術」などとあって、ポイントが失われている。たいていの英語辞典もまた同じである。ただ遇然目にしたロングマンズ・イングリッシュ・ラルースには、「庭や土地を、ピクチャレスクな、そして調和のとれた効果を生み出すように、計画し、草木を植えること」とあって、この「ピクチャレスク（picturesque）」を、歴史的に理解する限りむしろ役に立つ。なぜなら、「ピクチャレスク」という言葉は、歴史上のある時期の新しい感受性の単位の成立を物語り、しかも、まさに風景画とランドスケイプ・ガーデンとを橋渡しするものだからである（それはさらに建築へと拡がるが）。

三人の偉大な庭園革命家のうち、最初の二人はウィリアム・ケント（William Kent, 1684–1748）とランスロット・ブラウン（Lancelot Brown, 1710–83）とであるが、なかんずく後者はこの「革命」におけるレーニン的存在であった。十七世紀の終りまで、イギリスの庭園は一般に閉じられた地域で、幾何学的に精確に区分されたテラスや花壇によってなり、それらはふつうツゲの低木で縁《へり》をつくる。プール、運河、イチイの生垣。おおまかに言って大陸型の庭園デザインである。そしてそれらは高い壁で囲まれていた。その外は当時国土の大半を占めていたと考えられる、敵意にみちた森、ヒース、低木林、沼沢地帯であり、道路もいたって粗末なものだったから、「囲む」ということは当然でもあった。

しかし、ブラウンは、壁も、柵も、花壇も、ツゲの生垣も、芝生の球技場も、並木道も、庭園用装飾品一切も破壊してしまった。家といえば広大な草地のなかにポツンと置く。木々はまとめて要所要所に植樹する。大きな湖、次ぎ次ぎと細分化してゆく流れ、それらは、やわらかくうねる草地を微妙な曲線を画いて流れる。ホウガースがその『美の分析』（一七五七年）で強調した「蛇のような曲線」を実行に移したといわれる。またエドマンド・バークの『美と崇高の観念の起源に関する省察』（一七五七年）で主張した自然における形態と色彩の多様な変化の重要性をブラウンは自己のスタイルのなかに生かしたともいう。そしてこの議論は先ず風景画の美学として称揚されたものであった。ブラウンの先駆者ケントとなると風景画との関係はいっそう濃い。そもそもが画家として出発したケントは、クロード・ロランとか、サルヴァトール・ローザといった十七世紀仏伊の風景画家に心酔していたが（室内装飾にも多く意を用いる古典主義建築家としても名を成した）、そのキャンヴァスの上で風景美を実在のものとしようとしたというわけである。ブラウンは、それをさらに展開し、いわば庭園独自の自立した美の法則をつかみかけたといえるだろうか。

しかし、レプトンは決定的に「離陸」した。それは「ピクチャレスク」という語の内容の変化をともなう。形容詞から特定の意味をもつ名詞になる。風景を芝生や湖や植樹などで構成することで十分だとは考えられなくなってきた。形態や色彩での微妙な肌理の違い、強い光と影のコントラスト、偶発的な事件と呼びたいような点景というものが新しくレプトンや同時代の批評家たちによって主張された。クロードやサルヴァトールがそのモデルを提供したような十八世紀初期中期の庭園と違って、むしろ画家たちに画材を与えなければならぬとする。流れる水は、もはや空を清く映す透き通ったものではなく、岩々を浸食しながら泡立ち進むものになり、アルカディア的光景たるニムフや羊にとって代って、毛深い驢馬を連れた農夫や田舎風賤《しず》が伏屋《ふせや》があるというわけだ。ブラウンが完成した穏やかな情景はもっと荒い肌合いと輪郭線がごつごつした起伏の激しい世界にとって代られた。

これはレプトンというより、むしろペイン・ナイト（Payne Knight）とユーヴデイル・プライス（Uvedale Price）との間の長い論争から、新しく定義づけられた「ピクチャレスク」の意味であろう。それは「崇高」と「美」の間にある美的性質で、ランドスケイプ・ガーデンでは、荒々しいごつごつした性質（深い割れ目、暗い見通しのきかぬ森、烈しい流れ等々）で、建築では、形態の左右不均衡の傾向とテクスチュアの多様性といったことで特徴づけられるとする。しかし、代表的な「ピクチャレスク」建築家ナッシュの仕事は、むしろ都会的な洗練の趣きがあり、むしろ造園家でいえばブラウンだろう。

ともあれ、十八世紀のランドスケイプ・ガーデンは建築と自然、シンメトリとアシンメトリとのそれぞれの関係についての考えを発展させ、歴史的なまたは異国の建築への態度に大きな影響を与えた。そういえば中国庭園の影響の問題を言い落して来たが、ルネサンスのイタリア庭園ですでにいわれていた“selvaggio”、スウィフトがその秘書をしたテムプル卿がその『エピキュールの園について』（一六八五年）のなかで用いた“sharawadgi”という言葉を挙げるにとどめる。

ところが、議論はそこまで行きついていたが、レプトンの実作となると、穏やかに波打つ丘、豊かな植樹、なだらかな草地（できれば鹿や牛が生活しているといい）といった感じである。だから、実作よりこのランドスケイプ・ガーデン美学が、むしろ十九世紀のジョン・ラスキンの自然美学（岩の割れ目に対する愛着などはそのままではないか）に直線的に通じ、ゴシック・リヴアイヴァルの思想に通ずる。

「風景画」の美しさは、「風景庭園」により、その古典的牧歌性から離陸したが、それはその表現の実際というより、その観念によってであった。そしてかえって十九世紀にその観念は肉体化する契機を発見したという面白いジグザグ・コースが見られる。

いや、そうして見ると、ポオのアルンハイムのランドスケイプ・ガーデンは、いち早くレプトンらの観念（自らは実現しなかった）を具体化（文字の上ではあるが）したものと言えるように思えるではないか。

自然・風景・ピクチュアレスク　コンスタブルをめぐって

自然は、十八世紀初頭の女神であったわけだが、たいていの神がそうであるように、二面性をもっていた。獰猛で、復讐心にとみ、破壊的である面と、穏やかで、慰撫する力があり、創造的である面と。それぞれをバイロン的、ワーズワス的と呼ぶことができるかも知れない。絵画の世界でいえば、ジェリコー、そしてターナーの大部分は、破壊的自然を代表するのに対して、励まし、元気づけてくれる創造的自然はコンスタブルによって代表される。

ケネス・クラークは、そのいくつかあるコンスタブル論の一つを、こんなふうに始めている。バイロンとターナーの組合せは、いさ知らず、ワーズワスとコンスタブルとの類似を論ずるのは、もはやコンスタブル批評の常套であろう。常套だからといって、つまらないというわけではない。それだけの理由はあると思われる。コンスタブルが、ロマン派の自然崇拝のワーズワス的側面を表現しているとすれば、どういう点でそうなのか。またクラークを援用すれば、およそこのようにいう。

その詩人も画家も共に、十八世紀から、コモン・センスの命じるところに従って動く、機械論的宇宙観を受けつぎ、また両者とも、少年時代の環境――花、山、川、そして木といった――のなかに一つの調和を発見した。それらは彼らには何か神聖なものを反映していると思われた。そしてその何かは、もし熱中没頭して観察されるなら、そのもののもつ霊的性質が自ずと開示されるだろう。『抒情歌謡集』（*Lyrical Ballads*）へのワーズワスの序文ほど、コンスタブルの絵に霊感を与えた信念を完璧に表現しているものはない。つまりそこでワーズワスはこういっているのである。田園生活を取上げるのは、「その状況にあって初めてわれわれの基本感情が、より素朴な状態において共存するからであり、したがって、より正確に観察されうるし、より強く伝達されうるからである」。あるいはまたこうもいう。つつましいテーマについて書く理由は、「そういうもののなかには、人間の強い感情は、自然の美しい、そして不変のもろもろの形と、合体しているからである」。これはそのままコンスタブルのストゥア川流域の風景画についての正確な叙述ではないか、とクラークはいうわけである。しかし、詩という表現世界と異質の絵画の世界との、この対比は、それぞれの世界の表層を暗示するのみの、底の浅い比喩にしか過ぎないであろうか。それとも……。

マリオ・プラーツはまさに、「文学と視覚芸術の類似関係」を論じた『記憶の女神ムネモシュネ』（*Mnemosyne*）のなかで、このワーズワス＝コンスタブル関係に触れている。R・F・ストーチの論文を使いながら、おおむねこう書いている。

このふたりの芸術家は想像力を「自然」を描くことに用いた。神話や英雄伝説などの媒介なしに、つまり外部から神的あるいは超自然的なるものを押しつけることなしに（クロード・ロランの風景画のごとく）、直接に自然をということである。神聖な何かはごくふつうの毎日の陽光のなかで見られるように、自然そのものから生じてくる。

田舎の生活とかそれに似たつつましい主題とか、自然物を愛情こめて描くというだけでは、このふたりの芸術家にとっては副次的なことに過ぎない。「自然」に想像力をかかわらせるということは、ふたりにとって、経験の根源的次元のことがらであり、根源的というのは、生命のエネルギーが宗教的性質を帯びるような次元という意味である。

だから彼らが伝達しようとしているのは、「自然」に触発された自己内部の根源的経験、日常体験がそのまま宗教体験であるようなものだという。しかしプラーッは、これらふたりの「類似点」を論証しようとしているのではなく、同じ精神状態、同じ感情を視覚芸術と言語芸術はどのように異なる表現方法をとるかという命題の例証としているのである。すなわち、前者はある精神状態を、それがもののイメージと接する地点で結晶させるのに対し、後者は、ある精神状態が、自らを明確な視覚的イメージに変える単純化作用が起る前に、それがわれわれのうちにつくりだす、はっきり形にならぬ印象を捕捉し、言葉に定着する、というものである。

その「類似」の意味を問うているわけではないが、「類似」の発生する「場」についての主張が、実はこのおおまかな引用のなかにも隠されている。つまり、芸術作品の偉大さとは、その芸術によってある感覚に与えられたものから出発して、すべての他の感覚に対しても、それらが確定した形をとらずに発動できる、ある領域（最初の感覚与件に接してそれをとりかこむ余白）を確立することを、記憶にゆだねる能力のいかんによるという議論である。

同じ感情、同じ精神状態といっても、この「記憶」装置を媒介してのものであるということになる。しかし、今、このことには立ち入らぬ。立ち入らぬが、たとえば「自然との感覚的合一」とワーズワスについて、よくいわれることは、別して、この「記憶」のワーズワス的構造にかかわり、しかもその構造はとりわけ複雑怪奇といってよい。コンスタブルも同じじゃないかと思う。たとえば、ターナーなら、主体から切り離された客体としての自然の描写でもなく、逆に自己の内心に映じた客体を描くことでもなく、いわば第三の道、客体を描く主体の内部をも放棄して、客体像そのものに化して運動し、転身するというようにいい切れるかもしれない。あるいは凶悪な自然、自然の悪意に敵意を抱きながら、ひそかに共感があり、むしろ自然に断罪される人間を描いたといわれても納得もできよう。

ワーズワスにだって、アニミズムから汎神論、さらにキリスト教的神へといった段階を考えることができるかもしれぬが、われわれが現在「自然との感覚的合一」という時、その内容はバジル・ウィリーの指摘するように「肉体と神経との上の再生の歓び」に過ぎず、ワーズワスの「霊的確信の歓び」と共通するものはどこにあるだろうか。汎神論を持ち出しても、キリスト教を持ち出しても解決つかないだろうと思う。「ワーズワスにとってすら、〈自然〉がもっとも大きな意味を持ちえたのは、彼が〈自然〉への逃避の感覚を保持しえていたその限りであった」（B・ウィリー）ということが、一つのとっかかりだろうとは感じているのだが。

さて、コンスタブルの〈自然〉とは。急いで外側のことだけを考えよう。

コンスタブルの絵を「風景画」ではなく「自然画」であると、仮りにしようか。〈風景〉から〈自然〉への転進を可能にさせたのは、〈風景庭園〉（すなわち、風景画の美を造園技術で表現しようとする）なのである。十八世紀の三人の庭園革命家の最後の人ハンフリ・レプトンによって、風景美の趣味が変った。クロード・ロランがモデルを提供したのとは違って、流れる水は、もはや空を清く映す透き通ったものではなく、岩々を浸食しながら泡立ち進むものになり、アルカディア的光景たるニムフや羊にとって代って、毛深い驢馬を連れた農夫や賤《しず》が伏屋《ふせや》があり、穏やかな情景は、荒い肌合いとごつごつした起伏の激しい輪郭線にとって代られる。

これが、ペイン・ナイトとユーヴデイル・プライスとの論争から生れた「ピクチャレスク」の定義に結びつく。すなわち、深い割れ目、暗い見通しのきかぬ森、烈しい流れ等々に代表される荒々しいごつごつした性質をこそ「ピクチャレスク」というので、絵のように美しいなどという意味ではないわけだ（エドマンド・バークの〈美〉とは区別される、恐怖や苦痛と結びつけられる快感としての〈崇高〉の観念にこの趣味と美学は影響を受けているのだが、建築史では、その〈美〉と〈崇高〉の中間にあるものとして、不規則プラス小ささというように理解されているようだ）。

こう見ると、コンスタブルの〈風景（自然）〉は、神話や英雄伝説を媒介とした〈風景〉でもなく、〈ピクチャレスク〉な〈風景〉でもないことがはっきりするだろう。コンスタブルの完成した油絵より、パレット・ナイフでなされた油彩スケッチの方を高く評価する仕方が近頃あるようであり、私も理解できるが、これは先ほどのターナー再評価の方法と似ていてコンスタブルはそうはいかないと思う。それに〈自然〉への逃避も役立たぬ。厄介だなあと思うだけの始末である。

IV

物質に孕まれた夢　芸術・教育・労働

1

幸田露伴に『文明の庫《くら》』という少年読物がある。私は学生時代に師よりこの述作の存在を教えられてはやくから所有はしていたが、深く読まずにいた。昨今、必要にせまられて翻読したところ、実に何というか私の問題関心に鋭く切りこんでくるのに驚いたのである。(十数年前の師の教示の宛名は実は私の名ではなかったかと自惚れと感謝の気持とで思いおこされるのだが、それはさておいて) その少年読物が今日でも読むにたえる、いなそれ以上のものであるとか、それが露伴文学全体の中で占める位置、意味の大きさとかが私の興味をひいたのではない。そういうことはあるかもしれないし、それに無関係ではむろんないだろうが、私が深い共感を覚えたのは、いささか野暮ったくいえば、そこにふくまれている「教育思想」である。私事にわたって恐縮だが、私のいわゆる学部「卒論」は、「ハーバート・リードの教育思想」なるものであった。私はべつに教育学専攻の学生ではなく、そのテーマは、文学の問題、あるいは芸術哲学の問題として選んだつもりであった。下手な英語（らしきもの）でつづったこの文章は、内容も粗末なものでその意図は理解さるべきもなかったが、狙いは悪くなかったと今でも私は思っている。このことをいうのは、リードそのものに後で言及することになるだろうから、「教育思想」という言葉の出たついでに、露伴とリードをつなぐ輪の私的因縁にすこし触れたかったに過ぎない。

さて『文明の庫』であるが、明治三十一年、雑誌「少年世界」に連載されたもので、露伴初期の作品に属する。この前後に『二宮尊徳』『日蓮上人』『真西遊記』『伊能忠敬』『宝のくら』等の少年向きの著作があって、『文明の庫』もこれらの一連のものの一つである。これらの雅文体の作品は、当時の少年たちによく愛読されたらしい。露伴は雑学博識という点だけでも怪物的大家であることはよく知られていることだが、この『文明の庫』もその少年向きミニアチュア版といえなくもないが、むしろその全編（といっても四百字詰二百枚たらず）を通じて見られるところの、ある関心の動き方、興味のつのらせ方は、露伴の物、世界、人間、歴史に対する興味の働かせ方の原型であるといえよう。しかし、このことはわれわれの当面の注意ではないことは前述の通りである。いかなる目的の書か、その緒言を読んでみよう。

「人の世にあるほどのものは、如何なる幺微《かすか》なるものも、所以《ゆゑ》無くして忽然と此の人の世に現れ出で来れるものにはあらず。こゝに茶碗あり。此の茶碗は、所以無くして世に現れ出で来りしものなりや。否《あらず》。またこゝに小刀あり。此の小刀は、所以無くして世に現れ出で来りしものなるべきや。否《あらず》。茶碗も、小刀も、天より墜ち下り来れるならず、地より湧き出で来れるならず。必ず此の茶碗此の小刀を造り出ださんと思ひたる人あり、造り出ださんと働きたる人ありて、さて後、それらの人々の心によりて手によりて、はじめて人の世に現れ出で来れるなるべし。

…………

此の文明の庫の著者は、厳なる義に於きての文明を説かんとするにはあらず。されど、いささか自ら期するところあつて、『人間《ひとのよ》のものは必らず人の手によりて造り出されたるもの』なること、『人間のものは必ず造りはじめし人ありて造り出されたるもの』なること、『人間の幸福《さいはひ》は必ず人によりて造り出されたるもの』なることを明かし、『人の情の正しく美しき働き』に乗じて、『幸福の歴史』『人類《ひと》の功績の記録』とも称へんには称へ得べきものを編み、『今の人をして自己《おのれ》の位置《をりどころ》を覚り』、『清くして健なる愉快を感じ』、且つ『直に践むべき道義《みち》の教訓《をしへ》』を古人の精神《こころ》、言葉、行為《おこなひ》の中より認め得せしめんとするのみ、たゞに文明史を説かんとするが如きは固より著者が願にあらず。文明の庫と称ふる実に此意によりて此筆を役せんと欲すればなり」

このような意図で露伴は陶器について、紙について、銃器について、そして仮名について、年少の読者に深切にしかも簡潔に説く。その文章は平明暢達であるが、それによって伝えられる教訓は無限に詩に近づくといってよい。となれば、問題はその平明暢達の質であろう。少年向きの故にそうなのではない。いかに深い仏学の素養を開陳しようとも、ほしいままに神仙を談じようとも、露伴の文章はけして詰屈奇削におちいることはなかったと一般的にいえる。だが、肝心なのは語り口の平明さそのものではなく、興味の働かせ方そのもののうちの平明暢達さとでもいうべき事柄だと思われる。

「言葉のやすらかなるは極めてよし。言葉の確《しか》と実際に協《かな》ひたるは、ひときはよきなり」とは露伴自身の言葉である。この「実際」という語の響きは、当節の「実際的」などという時のそれとは全く違う。今日、中野重治という文学者が「実地に」という言葉をしばしば用いるのは、「実際的」という語のもつ功利的な目先利益を追うばかりの軽佻な声調を嫌ってのことと思うが、露伴がいう「実際」は、中野の「実地」にさらに歴史の厚みを加えたものである。そこには、人と物との出会いの、あるフレッシュな気合いを生きるということがあり、そこから生ずるいかなる微細なドラマをも見落さぬという覚悟までふくまれると感ぜられる。

先の引用を読み直していただきたい。「実際に協う」とは、目前の物と、その狭い有効範囲の中で取引きすることをいうのではない。物に正確正直に即するということは、実は、物のもつ機能役割というものと、それを生み出した人々の心、人々の手の摶つ脈動との精妙な関係を追経験する想像力をもつことに他ならないことが、この引用からだけでも読みとれるだろう。

「ひとのよのもの」が「ひとのよの幸福」に役立つということが嘘のない事実としてあるのは、「もの」と「ひと」とが、ある質を帯びたゆたかさをもつ関係を結ぶ時だけである。生活に便利というだけでは「もの」は「もの」でない。やきものがやきものである秘密、紙が紙である秘密。教訓が無限に詩に近づくというのは、むろん教訓が詩的に語られているというのではない。教訓の内実が詩の内実に近づくということである。なぜにそうなのか。
「もの」と「ひと」とのひそやかで親密でほとんど聞きとれぬような対話にじっくり耳を傾けることから出発するだろう。しかし、それを此の世の片隅の人しれぬ生の営みのかくれた尊さとして記録するのではない。そうではなくて、その対話の足どりの確かさは、そのまま歴史の大道を歩むそれに他ならぬという確信が冴え冴えと清朗につらぬかれているからである。世界の生成の秘密が、大仰に神秘めかした深遠らしさを装うことなく、垂直にしかし、やさしいふくらみをともなって語られているからである。

人は露伴の豪胆放恣といってよい程の飽くことない好奇心についていう。「露伴は、和漢の学に十分くはしく、その知は史学文学思想にまたがって、王朝より江戸まで硬軟正譎大少選りきらひなく貫き下してゐる。その漢は、縦には二十四史を先秦より明清まで博捜し、横には経・子・史・集に跨つて遍く旁証してゐる」（日夏耿之介「露伴の学問」）。露伴は、後年さらに儒仏神、つまり儒教、仏説、神仙道とのそれぞれに深く参入し、それらのほとんど統合者（神仙道を中心とする）になったといわれる。しかしこのことは、次に「趣味」としていわれることと深い関係があると私は信ずる。すなわち、「彼は又、飲料、香水、水沙糖など天地衣食住にからまる上下雅俗凡百の庶物に対するつよき興味、人生の万般のクラフツマンシップに対する深き趣味があった」ということである。これもまた、日夏氏の別のところでの言であるが、いわゆる名人物「五重塔」「一口剣」「風流仏」等々の作品との関連に述べられているものである。この『文明の庫』

はその趣味の一端の少年読物的開陳という体裁ではあるが、それにとどまらぬ、小説の「名人物」よりもっと広い世界の律動を伝えていると思う。

たしかにこの「趣味」はあらゆる技芸の名匠の生を小説的に表現する「名人物」を生み出した基盤ではあったろうが、しかし小説的結構に収まりきれぬといえば語弊があるとしても、何かそういえるものがあろう。とどまるところを知らぬ知識量の増大がそうさせたというのではない。「人生の万般のクラフツマンシップに対する深き趣味」とは、むしろ露伴独特の宇宙所有欲の形式ではあるまいか。『文明の庫』にあらわれているのは、趣味というにはあまりにも透明なそういう心の形式である。世界あるいは宇宙をつき動かす原質的な力、原本的動因に感応し照応する心の手つづきである。その手つづきは精密であっても煩瑣におちいらず、厳格であっても詰屈とはならぬ。一種沈んだソノリティがあって、それは彼の空間把握のある質を示している。

ここで三好達治の有名な評言を思い起す。「露伴文学には、人生のダーク・サイドへの嗜好がない。そこで又露伴文学には、人の心を幽暗の世界へつなぐ哀愁の要素がない。字字句句の間にそれがない。もとより小説には、構成位取りの上に人事の悲劇は取扱はれてゐる。悲劇は事件の表面だ。心理は更に深い人生の暗部の彼方にひそんでゐる。露伴文学にはこの幽暗世界の消息がない」（「露伴さん雑記」）

この論に反対するに、シュ－パ－ナチュラルなものに対する彼露伴の深い興味をあげたり、東洋的オッカルティズム研究者としての露伴の大をとなえたりするだけでは充分ではないであろう。

「人間性の秘奥」などというものを、人間と「もの」との対話以外のところに求めないという露伴の精神の根本姿勢に三好評は目がとどいていないのである。超自然的なものへの深い興味も、儒仏道の神仙を中心としての統合への志向も、みなこの精神の働きの発展に他なるまい。彼の神仙道への興味は、だから、自然哲学の探求というか、いわば物質哲学（奇妙な言葉だが）的試みであり「幽」とか「幻」とかいうものも、その「物質」のただ中から発するものであろう。むしろ、ルネッサンスの自然哲学を連想した方がよい。

『文明の庫』に秘められているのは、だから民衆の創造的叡知にたいするロマンチックな讃仰ではなくて、いってみれば「物質の深層心理」探求者の不逞な精神である。しかもそれが表面におどろおどろしく立ちあらわれずに、「構造」の提示に全力をつくしていることが、「『直に践むべき道義《みち》の教訓《をしへ》』を古人の精神《こころ》、言葉《ことば》、行為《おこなひ》の中より認め得せしめんとする」この文章の実践的モチーフに詩と呼びたいある光を与えているのである。

2

『文明の庫』が暗示する「教育思想」が私にとって衝撃であったといった。それは何かを「教訓《をしへ》」ているのだが、その何かは、けしてなんらかの観念体系（よほど深くつかまれていようとも）を背景とした道徳といったものではない。つまりいかなる意味でも出来合いの価値を前提としていない。それが見せてくれるのは、むしろ価値発生の機制、その基盤の構造である。しかもその発生の現場に立ち合わせてくれるのである、「もの」が「ほんもの」である時、人間と「もの」はどのような関係を結んでいるかを示して。それはいわば人間が物質に対する原本的な精神の形式である。あるいは物質の記憶を目覚めさせることによってしか解放し得ない人間の存在のありかたといってもよい。いささか抽象的に過ぎるかたちで私が強調していることは、教育の現状と照らし合わせてみれば、きわめて具体的な意味をもつ。

ごく大まかに現下の教育を支配する思想を大別すれば、物質＝技術主義と人間＝精神主義ということになろう。前者は単に科学技術万能主義にとどまらない。むしろ能力主義的な教育体制すべてのみならずそれ以上の、まだイデオロギーとして意識化されない、目に見えない部分をふくむ構造というべきである。後者もいわゆる道徳教育などを意味しない。道徳教育などというものはむしろ前者の見え易いイデオロギー的部分であり、「物質＝技術主義」の劣等部分である。その劣等部分に思いがけない効果を発揮させるのが前者の構造の恐ろしいところであるといえるのだが。それでは後者プロパーのものはどこにあるか。もはや古風な「人文主義的」教育観は主軸たり得ない。むしろいわゆる創造主義的教育観からステューデント・パワーまでをふくむ何かである。これらは、私がかりに「物質＝技術主義」と呼ぶものを批判し否定してはいる。しかし、その「創造」はおのれの浅い夢の自己模倣にとどまるし、その「狂気」は近代合理主義の孕むもう一つの狂気の底に音もなく吸い込まれてしまう。いずれも、敵対するものを完全に対象化できないでいるのだ。

こういう時、物質の記憶を目覚めさせようとする精神の形式の持続的提示が、きわめて貴重なものになるのは当然ではないだろうか。シュルレアリスムの運動が、物質からその有用性を剝奪してオブジェとして断片化し、人間の無意識の存在の象徴に転化する試みをしたことはよく知られている。しかし、「もの」の本当の有用性は、合理主義的な手段＝目的の関係の中に閉じ込められるものではなく、「もの」を造る人間の夢の総体と使用する人間のそれとが、その「もの」自身のうちで合体するような場合、その「もの」は、真の有用性を持ち、その「もの」の無意識は完全に意識化されることになるのである。露伴はこのことを「人間《ひとのよ》のものは必らず人の手によりて造り出されたるもの」ということと、「人間の幸福《さいはひ》は必ず人によりて造り出されたるもの」ということの、厳密な対応のかたちのなかで示しているのだ。

3

ハーバート・リードが三十年近く前、「芸術を通しての教育」（Education through Art）を唱導した時、これらの問題にラジカルに答えようとしたといえる。簡単にいえば、それは教育過程と芸術過程とを融合一致させようということであった。このことがラジカルな意味をもつのはなぜか。それは先ず、教育＝芸術過程が社会のエレメンタリな過程でなければならぬ、あるいはそういう社会が本物の社会だという主張をふくんでいる。社会のエレメンタリな過程というのは、そこでは人間と物質との関係と、人間と人間の関係が統一され、完全な自己実現と完全な世界実現との幸福な一致が自覚され、かついわば認識論と組織論との綜合が企図されるような運動の原理が、萌芽的ではあっても、必ずふくまれる過程だからである。このような社会が実現されていない以上、その原理は現存社会に対する批判原理になるわけだ。「芸術を通しての教育」という主張は、まさにその原理そのものの提示であり、その原理による社会革命宣言である。これが穏健にみえてその実ラジカルであるゆえんは、一つには、その目標と手段とを不断に一致させる努力なしには、この主張が成立しないというところにあるだろう。先に述べた原理としての統一、一致、綜合とは、運動の契機及び目標としてあるのであり、運動の過程としては、むしろ、にせの統一、にせの一致、にせの綜合に対する批判、暴露、分離としてあるのであって、甘える余地のない事実としての自己批判である。

それは当然、人間と物質の関係と、人間と人間の関係との結節点たる労働の問題に深くかかわってくる。労働を、生産と消費のサイクルから、また、欲望と満足のサイクルから解き放つ運動をこそ、芸術＝教育運動の主要な課題としなければならぬ、と私は信ずる。しかし、リードの「芸術を通しての教育」は、一先ず「芸術教育」の改革という形式で出発した。そして、どうものことが、その後のリードの運動の展開のしかたを制限してしまったようだ。イギリスでは、教師、教育者たちによって「芸術を通しての教育」という名を冠しての協会も生れ、一九五四年には、ユネスコの協賛の下で「芸術を通しての教育のための国際協会」が設立されたことを、リードは、その最後の著書（*The Redemption of Robot: My Encounter with Education through Art*, Faber & Faber, 1970）の中で、むしろ誇らしげに語っている。

しかし「芸術を通しての教育」の論理は、「芸術教育」の枠をこえて展開しなければその本質は生かされないと思う。その展開の手がかりの模索の第一歩がこの小論の目的でもある。展開の運動的展望がひらけた時、「芸術教育」そのものも別な光を帯びた重要な役割をになうことになるだろうが。「芸術教育」を孤立させたままで、現代の課題に立ち向う時の困難あるいは失敗は、次にあげる現代日本における美術教育のすぐれた理論的指導者の言によっても明らかである。

久保貞次郎氏はその近著『児童画と教師』（文化書房博文社、一九七二年）の中の「芸術教育と現代」という文章でこのように論をすすめている。久保氏は先ず、マンフォード、ヘンリー・ミラーを引いて現代の混乱と矛盾を指摘する。そのなかに、新しい秩序と希望をもたらすべき教育は何かという問いを発し、そこでの芸術教育の重要性を主張する。何故なら芸術教育は感情の陶冶であるからだ。しかしさらに、何故に感情教育に最大の力点をおくべき芸術教育が救世主のごとく呼び出されるかといえば、現代の混乱と矛盾は、「外界のもの、客観的なものの探求」の独走を人間がゆるしたことに原因があり、その独走をおさえ、コントロールするためには、「いまやわれわれは、内的なもの、主観的なものをやしなわなければならない」からとするらしい。この考えは、芸術教育を科学教育とくらべているところで、よりはっきりする。こんにち、学校における科学といえば、「子どもはただしられている知識を追うだけである。これでは科学の知識をただ記憶するだけであり、科学の技術を機械的に習得するだけに終わる。

ほんとうの科学的教養とは、そのような知識の蓄積だけでなく、好奇心にみちた、未知のものに対する懐疑の精神や、論理的思考でなければならない。それらは感情の自由がなければ、じゅうぶんに発達しない。自然科学は客観的なものをさがしもとめはするが、客観的事物や原理の探究も、子どもの感情の自由がなければ、狭い範囲の客観性を手にいれるだけに終わってしまうだろう。こんにちの世界が無味乾燥な砂漠のように変ぼうしてしまった大きな原因は、人類の自然科学が進歩している反面に、感情的方面の発達が停止してしまったからであることをここであらためて、われわれは痛感しなければならない」。

また、こうもいう。

「教育において、現在もっとも重大な問題は、どうして心を頭に追いつかせるか、ということだと、ニイルは断言した」

人類の自然科学が進歩している反面に、感情的方面の発達が停止してしまったということは、現代の病状所見としては正しいだろう。しかし、だからといって、芸術教育による感情の解放が、あるいは（フロイトやニイルに従って感情を無意識と考えているらしいから）無意識の抑圧からの解放が、子どもをよくバランスのとれた人間にし、そういう人間が科学を統御すれば、科学はほんとうに人類に有益なものになるというように直線的にゆくだろうか。楽天的に過ぎるというのではない。またまったくの誤りだなどというのでもない。ただおそらく、認識的にも実践的にも何らかの媒介項が脱落しているように思われる。

　科学の進歩の反面、感情の発達の停止ということは、知性と感情との分裂ということと裏腹であろう。その分裂の意識は、知性に抑圧された深層の生命感情の、つまり無意識の部分的意識化に他ならない。部分的意識化をいくら積み重ねても生命感情の最深層部は意識化されない。分裂という意識程度では知性は対象化されない。いったい、近代知性は無人の野を行くように独立しているのではない。厖大な無意識と特殊な形式によって結びつけられているのである。近代知性が知性として自立するためには、無意識の総量が想像力による新しい形式形成に媒介されることが必要であった。新しい意味付けの枠組の創出といってもよいが、それは人間の問う意味の全体量に見合うだけの質を知性に要求する仕掛けでもある。しかし、新しい形式が古い形式になってしまった時、その形式は、無意識の最深部を抑圧するメカニズムに転化する。そして古い形式をこわすのは新しい形式をもってする他はない。近代合理主義を批判するのに、反合理主義ないし「狂気」の噴出によっては、合理主義によって抑圧された非合理の総体は意識化されない。

　しかし、新しい形式なるものはいきなり出現するものではないし、ポジティヴに構想し得るものでもない。むしろ部分的意識化を絶えず部分化すること、つまり総体の意識化とは違うという不定の連続運動の中にあるものだろう。そして芸術とは意識化の無限連続作用のことであるという断定をここでいっておこう。

4

リードの「芸術を通しての教育」の論理を追えば、右のような地点まで行くはずである。芸術教育ないし美術教育にたずさわる人々より、自然科学系統の人が、リードの問題提起を、いわばリード以上に深い所で受けとめているのを見出して、私は非常に興味を覚えた。一人は中国科学史研究者の山田慶児氏であり、いま一人は数学者の遠山啓氏である。

遠山氏は、「芸術を通しての教育」を一教科としての芸術教育の理論ではなく、教育の一般論なのであると、当然のことを正当に理解し、さてこのようにいう。

「そこでは知覚、とくに視覚が人間の認識のなかで演ずる重要な役割が追究され、それにもとづく教育の方法が展開されている。

この本のなかでは芸術について言及されることがもっとも多いのであるが、科学もまた引き合いに出される。

……

物理学者といわず、一般に自然科学者は形容詞ぬきでしゃべり、書く習慣をもっており、しかも普通の言語とは異なる特殊な言語をもっている。数字、数式、分子式、系統樹など。だから門外漢からみると、彼らは、イメージなしで自分の思考を推し進めているように思われがちである。

頭のなかで起こっているプロセスを、外からうかがい知ることはできないからである。
だが、それはまちがいである。彼らは何らかのイメージを思い浮べながら考えているのである。このことに注意すると、芸術と科学とは、普通に考えられているよりははるかに親近性のあるものになってくる。イメージを構成することが芸術的創造力の大部分を形造っているとすると、同じことが科学的創造力の基礎にもなっている。それは全く同じものとはいえないにしても、少なくとも同じ根から生い立ったものであり、隣り合っているとはいえるだろう」(『しろうと教育談――科学と芸術と教育』国土社、一九六五年)
とりたてて際立った理解が示されているわけではないが、ここをはずしたら駄目というポイントを楽々とおさえていることに注目したい。認識と想像力との関係の理解は、認識批判は、それを支える想像力の自己批判であるというリード思想の最深部理解への出発点である。
また、山田慶児氏は中岡哲郎氏との「科学体系が示唆する中国のめざすもの」と題する対談(『日本と中国6――科学と労働を結ぶ教育改革』朝日新聞社、一九七二年)でリードに言及している。
「要するに、彼は「美術(芸術ならん)教育はできれば工場でやれ、工場が不可能ならば、学校に工場を作れ」というんですよ。いまの中国でやっているのとそっくりです。リードの文章のその一節なんか、「美術教育」を「理工科教育」に変えて、これは「人民日報」の論文の一節だといえば、おそらくだれも気がつかんだろう。(笑い)
なにもぼくは、いまの中国の教育が、そういう流れ(デューイもふくむ――引用者注)を意識的に継承している、といおうとしているのではありません。しかし、世界思想史の流れのなかでとらえた場合には、中国のいまの試みは、そういう西欧近代のなかで傍流であった思想の系譜に立つものとして位置づけうると思うんです。西欧での傍流が、中国では主流になった、といっていいかもしれない。云々」

対談でのことでもあって、論証は粗雑だが、この意見はたいへん聞き所があるといわねばなるまい。リードの主張とそっくりとされる「いまの中国でやっている」こととは、生産労働と教育の直接の結合という思想が、文化大革命のうちで生産・教育・研究の三結合方式に発展し、実践されていることを指すのであろう。この際、肝心なのは、「生産労働と教育の結合というのは、単に技術が発展するための教育だというふうに曲げられてはいけないのであって、やっぱり、労働者が生産過程の主人になるためのものでなくてはならない」といっているところだろう。山田氏は別なところで、三結合方式について、「どうすれば個人にとって外的な三結合を内的な三結合にまで、いいかえれば、ひとりの人間が幹部であり、技術者であり、労働者であるという状態、分業を止揚した状態にまでたかめることができるだろうか。そのためにいっそう根源的に、科学技術を発展させ、管理を合理化して生産性を高め、生産力を上昇させればそれでよいという考え方そのものを、徹底的に克服してゆかなければならないのではなかろうか」(「労働・技術・人間」、『未来への問い』筑摩書房、所収)といっている。つまり「生産労働と教育の直接の結合」ということのうちには、近代科学技術への根底的な批判がふくまれており、さらには、「生産」概念の根源的意味転換が、もくろまれているのである。そこでリードの思想との暗合ということはさらに深い意味をもつと思う。

リードは芸術のプロセスと教育のプロセスの一致を主張したが、中国教育革命においては、生産と教育のプロセスの一致を目指した。両者の根底的な共通思想は、芸術のプロセスと教育のプロセスと生産のプロセスの一致、ということだろう。これは、生産を擬似欲望＝擬似満足の合理主義的サイクルから解き放つことである。資本主義内部では、芸術運動と教育運動と労働運動との原理上の重なり合いの相互の自覚の組織化が、われわれの文化革命の第一歩だと私は思う。

芸術運動とは一言でいえば、芸術創造のプロセスそのものを組織の原理として外化する運動である。そのことによって詩的経験と生産経験との矛盾を激発する装置である。

たとえば、労働運動における、反合理化闘争の論理をみよう。企業にとっての合理化とは、労働者にとっての労働の強化、質的悪化、さらには生存権の剝奪である以上、反対闘争をくむのは当然だろう。しかし、ここではその「合理化」なるものの資本にとっての合理性は自明の理であって、ただ労働者にとって非合理になるに過ぎない。これは直ちに第二組合の成立論理になる。資本にとっての合理性を共有する立場――クビにもならない、逆に賃金が上がる――に自分をおきさえすればよい。それに対して闘争の深化にしたがって、第一組合の闘争原理は、論理的にも心理的にも「連帯」に傾いてくるだろう。その「連帯」が、芸術のプロセスと、またしたがって、あるべき生産労働のプロセスと同一の質をもっているなら、「合理化」の非合理性は、いままでの反対拠点とはまったく異なるところから、その深い黒々とした総体が暴露されてくるだろう。資本が合理主義を手段として使用したのではなく、合理主義という神話に資本がまきこまれていることがはっきり見えてくるだろう。資本と科学技術との関係は、目的をもつ主体と手段の関係ではない。資本のイデオロギーは資本は実践しても意識化できない。真の連帯をかちとった労働者のみが、そのイデオロギー、むしろ神話を全体的に意識化できるのである。反資本主義闘争が労働者にとって主体化できるのは、この迂路を通ってのみである。おのれの矛盾の激発から敵の根本矛盾の発見を、労働の場で行うこと、これは今日最大の教育過程である。

労働運動の中に芸術運動の論理をもちこむということは、人類の労働史のもっとも深い根のところにある夢の総体を顕在化し目覚めさせようということである。しかし、もとよりこれは具体的な闘争のなかで、労働者自身の主体的に発見してゆくことだ。だからそのためには逆に芸術運動は、具体的には労働運動に参加するのではなく、モデルの持続的提示であることに禁欲しなければならない。いままで一言も言及することはなかったが、絶えず念頭にあったのはウィリアム・モリスである。モリスは資本主義における労働の態様を芸術の創造の観点から批判し、逆に現在の芸術のありかたを労働の本来的構造を基準として批評するという相互否定をその矛盾のまったただなかに生き抜いて、資本主義文化を根底から批判し得たと思う。とすれば、この小論は、モリスの生涯を間接的に誌したに過ぎない。

物の故郷　花田清輝のマザー・グース

はなはだうろ覚えの話なのであるが、北欧の考古学上の発見で、少女の刑死体（骸骨？）についての記事を読んだことがある。それも一体ではなく複数の例についてである。その死刑執行の方法は変っていて水死なのだ。その発見された少女たちの遺骸はみな、手足をしばられ池か掘割や川か何かに突き落されて死にいたらしめられたものだというのである。いかなる事実にもとづいて、いかなる推論をたどって、それらが「少女」たちであり、水死という方法による刑死をこうむったものとされているのかはまったく忘れてしまった。水死による強制死ということであれば、もし少女に対して行われたとするなら、われわれが自然に想像するのは生贄ということだろう。水神に対する少女の人身御供という想像は通俗的かも知れぬが成立つと思う。通俗的にするのはしかし、近代的（人間的）解釈のせいであって、その行為をある集団の宇宙観、物質観の問題として考えれば、その想像に実質的根拠は与えられる。しかし犠牲の死は神聖である。神聖であることは物質観そのものから由来するのではなく、いわば「物質」と「観」の間の隙間から生れてくるものだろう。

しかし生贄などではなく、刑死であるとするなら、その死と水の関係はもっと直接的である。水死に価する少女の罪は、けっして人間関係から生ずるものではなかろう。同じことだが、水に対する冒瀆、つまり水についての観念、価値意識への挑戦のゆえに罪になったのではあるまい。そうであればその死は犠牲に近づく。だからそうではなくて、何かが水そのものの否定、水の内側にあるイメージの否定だから罪とされたのだ。物質を物質たらしめている内的根拠の否定。

花田清輝は高村光太郎の初期の詩「狂者の詩」を引いてこういうことをいっている。

己の肌から血が吹いた
何の定木で人を度《はか》る
真面目、不真面目、馬鹿、利口
…………………
世は末法だ、吹いて来い
秩父おろしの寒い風
山からこんころりんと吹いて来い
プロログ

エピログ

“LONDON BRIDGE IS BROKEN DOWN!”

己はしまひには気がちがひさうだ

花田はこの詩を「世俗にたいするメロドラマティックな反抗の身振りによってつらぬかれている」としながら、この一篇の詩を、浅薄なプロテストという通俗に堕することから、辛うじて救っているのは、わずかに一つの挿入句——“LONDON BRIDGE ……”——だけだという。「物々しく肩肱をはって並んでいる文句のあいだで、この文句だけが、悠々とあぐらをかいている」

この理由で花田は高村光太郎に「なろうとさえ思えば、本当の悪人にでもなることのできる、天賦の才をめぐまれていた」という。「この理由」とは、つまりマザー・グースの童謡の文句をたくみに自己表現の手段に使うことができるということだが、そこに本当の悪人の素質を見出すわけだ。納得のゆきかねるひとは、ヴァン・ダインの『僧正殺人事件』の一読をすすめられる。主人公は「誰が殺したか、駒鳥を」をおそろしく愛しているらしい。「かれは、抜け目のない計画をたて、これらの歌の文句通りに、つぎつぎに、ひとを殺してゆく。したがって、ここでは手拍子をたたいてうたわれる、これらの昔ながらの童謡が、本来、そのなかに、いささかも、諷刺や皮肉の要素など含んでいないにもかかわらず、一挙に「良識《ボン・サンス》」の世界を、根柢からくつがえそうとする、猛烈な悪意の表現となる。そうして、その表現が一見、単純で、無邪気で、無意味にみえればみえるほど、いよいよ、それは、複雑な陰影を帯び、気味の悪い、超自然的な効果を発揮する」

要するに童謡のもつナンセンスの力ということである。「つまり、それは、童心の世界、本能の命ずるがままに、不羈奔放にわれわれの生きていた世界、——われわれの心の故郷を形容する」。ボン・サンスによって拘束されない前の本能だとか、無意識だとかの支配している、われわれの内部の現実を指すものというのである。

しかし、花田は問う。「本当の悪人がナンセンスを愛するのは、そういう心の故郷にたいするノスタルジーのためであろうか」。むろん否である。本当の悪人が好むナンセンス、つまり花田が好むナンセンスとはそういうのとは異なる、もう一つ別なものだ。

「ボン・サンスの拘束を超越している状態とでもいおうか、極度に尖鋭な理知も、その前に立つと、たちまち眩暈をおぼえはじめるような、物それ自体のすがたを示す、われわれの外部の現実を指している」そういうナンセンスである。つまり「マザー・グースの童謡は、心の故郷ではなく、物の故郷を、——とうてい、ボン・サンスではとらえかねるような、物質的現実のすがたを、あるがままに、表現している」というわけだ。その「物の故郷」「物質的現実」とは、理知の限界の彼方にあるが、理知の束縛を脱した本能的非合理的内部の現実とは違い、ナンセンスによってその奇怪な姿を即物的にあらわすものというのである。

それでは「ロンドン・ブリッジ」の唄のナンセンスはこういう種類のナンセンスか。

この唄の終りの方に登場する「番人《ウォッチマン》」に注目し、特別の意味を見出したのは例のオーピー夫妻である。平野敬一氏はオーピーを援用してこういう。「つまり、オーピーの解釈によれば、この「番人」というのは、じつは橋梁工事の生けにえにされた人柱を象徴しているのだという。土台に生きた人を埋め込むことによってはじめて工事を完成させることのできた遠い昔の暗い記憶――これがこの一見さりげない「ロンドン・ブリッジ」の唄に名状しがたい無気味さを与えている、というのである。イギリスの伝承童謡の中に、こういういわば民族の集団的記憶を底に秘めたものがあり、それが伝承童謡のふしぎな生命力の保証になっている場合が少なくないのである」

しかし、どうして「生けにえ」「人柱」は「遠い昔の暗い記憶」になるのだろうか。オーピーによると、フレイザーはその『金枝篇』で、守護霊として役立つべく城壁や城門の土台に生きた人間が埋め込められるというくつかの例をあげているそうだが、世界いたるところで、人間の生贄の物語は橋とむすびつけられていた。なぜなら、河は橋が架けられるということに格別反感をもつものと考えられていたからだとオーピーはいっている。これはしかし、河の怒りを鎮めるために、人間のもっとも大事な命を捧げる、命という最大価値を犠牲とすることと理解してよいだろうか。「暗い記憶」とは、未開の誤まった自然観に由来する社会強制力の恐怖というようなものであろうか。しかし、おそらくこういう恐怖は、われわれの現代の社会で自動車によって大量の人間を轢き殺しているという事実に対する人道主義的立場からの、まゆひそめての文明批判には対応するだろうが、われわれが正しいと思いこんでいる宇宙観自然観物質観の無気味さを感得させる力《チカラ》はないだろう。

西江雅之氏『花のある遠景』で、西アフリカの町で、自動車は道路を信号が何であろうと猛スピードで走り、人間が虫けらのように轢かれる話を読んだ時、何かハッとしたのは、何もその「野蛮」さ、あるいは「野蛮」の文明の急激な導入に対する不適応などいたく感じたからではない。ましてやロンドンのあのおとなしい自動車（文明）との対比が浮かんだからではない。自分と物質との関係での無意識部分が光を浴び、対象化されたように感じたからである。「ロンドン・ブリッジ」の唄の無気味さは、いわばこのようにわれわれの認識構造のようなものに突きささってくるものではないだろうか。

生きている人間を土台に埋めこむのは、河の怒りを鎮めるためではない。河の敵対行為に対抗するためである。敵対行為をさせないようによく見張るために、「生きた人間」が必要なのである。河の意志は一個物質的な力《チカラ》であって、その心をなだめれば何んとかなるものではない。人柱には命を犠牲にすること、そのことによって意味があるのではなく、生きたまま埋められることによって発揮される力、まさに物理的な力によって意味があるのだ。それは人間の過去の暗い悲惨な経験の心理的残滓に訴えるのではなく、人間の認識構造の無意識部分を意識化する作用があるのではなかろうか。過去の集団的無意識の象徴でそれはなく、むしろ集団的意識の即物的表現と見るべきである。その意識が、われわれの「集団的意識」を叩いて、われわれの意識と無意識の結合構造を明るみに引き出すのである。それは、内面から、つまり象徴や神話解釈によってはとうてい達することのないことだ。

「物の故郷」の表現とはつまり、われわれの物質のイメージの根拠あるいは発生機制の対象化である。その作業の果ての世界が眩暈を生じさせ、無気味な相貌を呈する。しかしその「暗さ」は記憶にはないものだろう。むしろ未知の「暗さ」だ。花田清輝の精神に即するなら、「ロンドン・ブリッジ」一篇はこう読める。

住み手の要求の自己解体をこそ　住宅の街路化への提案

私の住宅との関係ということになれば、誰でも建築に関係のない人間は皆そうであろうけれども、とりあえず住み手としてのそれであり、そして最後までそれでしかない。住み手としての住宅問題ないし住宅建築に一家言あるということもないではなかろうが、私にはその仕掛けのもち合わせがない。

だいたい住み手といっても、「住む」ということを本当に経験しているのか、大いに疑わしい。住み手としての要求なるものは、よく削られて、これが「要求」かと思えぬほど貧弱にして薄っぺらなものとしてしか、現実の住宅とは関係がもてぬ。その一枚の皮ごとき「要求」のすぐ裏には見果てぬ夢がどこまでも拡がっているかと言えば、そうではなくて、これも奥行きのない一枚の皮である。建売業者の文化政策で、その拙劣な擬似シンボル操作でいともたやすく巻き取られてしまう体のものである。

むろん、これは自分自身のことを言っているわけだ。私が住宅を建てたとしよう。五人の成人家族全員が「個室」を要求する。他に大小三つくらいのコモン・ルーム。かなり間数も床面積も必要とする。これだって贅沢だと言われればそれきりだが、弁解、説明抜きで、最低要求としよう。問題は土地だ。土地の取得費用が全住宅費のうち七割五分も占めるとなれば、頭に血がのぼって建物なんかどうでもよくなる。狭い土地に上記の人員ことごとくを収容する建物とイメージは、長方形の総二階、要するに小学校か兵舎のミニアチュアしか頭に浮かばないではないか。

私がいわゆるツウ・バイ・フォーの建物を選んだのは、既成のプランを組み合わせれば、つまり単位の増加だけで私一家の最低要求にはどうにか見合う小型兵舎が、したがってかなり格安で建てられるという一事につきる。この工法だか構法に魅せられたからでないのは当たり前であるが、そうでない工法との比較得失なんぞまったく意に介さなかった。乱暴であろうか。

新築後、家に訪れたある建築家は言った。「あ、ツウ・バイ・フォー、それじゃ四、五年経つと歪んできますな。まず水回りに故障がでる」と。私は半ば信じ、半ば信じなかった。また別の建築家は言った。「モリスがツウ・バイ・フォーに住んでいるんだって、これは面白い」。何が面白いか判らなかった。モリスとは、つまりモリスを少しかじっている人物という意味の揶揄であるのは自明として、そういう人間がツウ・バイ・フォーに住むのは何か矛盾があるのだろうか。しかし、これら二人の建築家はともあれ善意である。完全に腹が立ったのは次の文章であった。

筆者は林昌二という建築家である。「建築の二十一世紀に何を期待するか」という問いに対する日本の代表的建築家の答えの一つとしてある文章である。その終りでこうである。

「公害といえば、台風、地震のたびに被害が続出しているツーバイフォーも、間もなく社会問題になろうとしています。自分の国の間伐材を利用することも考えずに外国の要求にしたがって、馴れない方式を導入した報いといえばそれまでですが、なにぶん柱・梁方式に親しんできた住み手が、構造材とは知らずに勝手に壁をこわして増築したりしたものですから、知らぬ間に強度は激減していたのです。

いまさらツーバイフォーの増築は許さないともいえず、今後とも際限なく続きそうな被害を想像して、メーカーは頭をかかえているそうです。

大工さんたちの無言の抵抗で、このツーバイフォーというものがそれほどの普及を見ないで終ったことは、せめてもの幸いというべきでしょうか」

「せめてもの幸い」からも逃げられた私としては、具体的にいかなる不幸に見舞われるかが知りたいところである。しかし「社会問題」になろうとしているような欠陥とは、要するに壁は構造材であるというツウ・バイ・フォーの初歩常識を住み手が知らないということにつきるのではないか。このことが私には信じられぬ。窓一つだって、ちょっと規格外のことを考えれば（たとえば面積、出窓にするかどうかなどで）、たちまち強度計算上どうのこうのという話が出てくるのであって、私のようにまったくデタラメな選択の結果としたって、そのくらいの「知識」は否応なしに得られる。

それともメーカー側が、そういう不利な「情報」は、依頼者にはまったく隠していたとでもいうのだろうか。「いまさら増改築は許されないともいえず」という口吻は、こういうメーカーの頬かぶりをなじったものと言えるのであろうが、それにしてもそんなことにダマされるほうが悪い。それとも、それほど組織的計画的に住み手をたぶらかしたのであろうか。

しかしながら、もしそういうことがあるとしても、それは業者の社会的責任の問題ではあろうが、ツウ・バイ・フォーという工法、構法の問題ではなかろう。国内資源を利用せず、外貨を使うといった批判も、それはそれとして成立するかも知れないが、ツウ・バイ・フォーの家に住むと不幸がくるということと直接関係ない。するとツウ・バイ・フォーの家に住んでいて、壁は構造材であるから、勝手に増改築してはならぬと承知しているものに対しては、ツウ・バイ・フォーはいかなる災厄をもたらすのであるか、その可能性ありとすればその理由、そういうことこそ私は知りたい。しかし建築家は教えてくれぬ。この林氏の文章には言い知れぬ「ツーバイフォー」に対する憎しみ、いや呪いさえ感じられて、これはいったい何なのであろうかと恐ろしくさえある。

思うに、こんな拒絶反応めいたものを起こすほど、住宅に対して濃密な関係を建築家はもっているのであろう。しかし、私にとっては、ツウ・バイ・フォーの家に住んでいる私にとっては、ツウ・バイ・フォーであることなどたいした意味なぞもたぬ。その構造特性は日常的に直接関係ないし、持ちが良いか悪いか、十年、二十年経ってみなければ判らぬし、普通の家に比べて良くも悪くもないだろうというのが素人の大胆な予測である。

つまり、私は自分の家の建物を住宅だなどと思っていないのである。先ほど兵舎と言ったが、まあ倉庫だと思っている。倉庫を適当に区切って、設備を施しただけのことである。だいたい家の全貌が見えるところに建っているわけではない。

私の部屋だって書斎なんていうものではない。書庫（それなりの補強はした）の一隅に食卓をデスク代わりに持ち込んだだけのものである。もっともこの食卓はもともと六人用の、かつて私が航空母艦と呼んだことのある、大きさだけは大きいものではあるが。書棚にいたっては言語道断、何ら分類原理なく行き当たりばったりに、まことに雑然と並んでおり、所有者の頭脳の構造をよく反映している。テーブルの上も、足許も本や雑誌やらで文字どおり足の踏む場もない。窓外を見やれば、畝傍山《うねびやま》の稜線が目に優しいわけでもなく、武蔵野の雑木林を透けてキラキラ飛び散る日光が舞い込んでくるわけでもなく、ただただ隣の倉庫（のような家）の薄汚れた壁ばかりが目に飛び込んでくる。

ひるがえって今一度室内を見れば、積み重なる紙の屑（書物？）の間から、思いがけず性能の良さそうな再生装置なぞ覗いておらず、したがって床のあちこちにモンテヴェルディやパーセルが、あるいはベルクやヴェーベルンが転がってはいない。開いたままのビザンチンの彩飾写本集が無雑作に置かれたすぐ脇に、デ・クーニングとサム・フランシスがもたれ合っているなどということもない。

さて机辺はというと、気分によって使い分けられるさまざまな万年筆が五、六本、よく削られたファーバーの4Bが一ダースほど、きれいに洗われふさふさとした穂先を見せる毛筆六、七本、ギリシアの壺などに立てられたりもしていない。

何を言おうとしているのか。家の建物を住居などと思っていないと言った。それは倉庫、バラックであって、生活の枠組みだけしか与えないものであるということだろうか。その代わり一歩中に入れば、室内のどんな物にも強烈に個人の匂いのついた濃密な私的空間があるというのでもない。さりとて倉庫のような整序された機能的な空間があるわけではない。

さて、私は「住んでいる」のだろうか。おそらく住んでいないのだろうと思う。どうも「住む」というのは家族があるということが前提である。私には家族がない。妻一人子供三人いるから、立派な家族があるのではないか、それとも崩壊家族なのかと問われても、私の言う家族と関係ない。家族とは共同で共有の財産を守る組織である。そういう条件がない場合、家族同士の結合関係が、家族の成員の他人との関係より重要だという根拠は原則的になくなるのである。だから各自個室の密室化を図る。守るべき共有財産がない限り「住宅は宇宙」などというのは空文句で、財産所有者個人はその住居すべてを自分の個室と心得て、「擬似的な」「自己完結的」空間とするに過ぎない。

だから私は私の部屋をも密室化しない。そういうことを否定する。代わりに街路化する。自慢ではないが「閉じつ開いて」いる。個室を子供に与えることは個性を伸ばし、自主精神をたかめるなどと言われたことがあった。あれは艦長になる訓練を砲塔長としてやっているようなもので、自己のエアリアを守る防御本能を育てているだけである。つまり「住む」とは、自分の勢力の及ぶ範囲の確認と防御の行為に過ぎない。子供とは、いつか「住もう」と思っている「住んでいない」人間である。

今日、「住む」ということから「権力欲」や「支配欲」を抜いてごらんなさい。ほとんど何も残りはしないから。「均質な空間」も商品化され、規格化された住宅も、その「住む」に密着した「支配欲」を分離させるどころか強化しているだろう。個室の密室化を通して。個人の要求を十分取り入れた良い住宅も、「自閉的なミクロコスモス」である点で、規格住宅の密室と異ならない。

つまりこういうことにならないか。住み手の「要求」などというものは、そのままではいっこうに「住宅＝街づくりの主体」にはなりえないと。

住み手の要求がストレートに表現された内容と、擬似欲望の造出に余念のない高度消費文明＝「現実の都市」によって演出された内容と、おそらくさして径庭はないのではなかろうか。いわんや「そのニーズ、意欲とその分布をデータ化」しても、ついに住み手のニーズは浮上しないのではなかろうか。

「〈家〉に求めている根源的欲求」を象徴化したり、コズモロジーとして展開することを、われわれはみだりに建築家に期待してはならぬと思う。その前に根源的ならざる欲望を少なくとも、住み手のニーズなどと思い誤らぬことだろう。もっとも、思い誤らぬためには、そういう欲望を暴走させ集団爆死するのもよかろう。あるいはその逆に、〈家〉に対して何も要求しないという方法のほうが有効だろうか。ここで要求とは、「根源的欲求」と一見似かよった、何らかのシンボル操作を必要とするような文化要求のことである。しかしながら「正直」な生活要求と、見てくれの文化要求とは、むろんそんなに截然とは切れてくれていない。

この際分離できないから、丸ごと捨てろとは言えない。丸ごと肯定しろとも言えぬ。

そうだとすると、住み手の要求の洗い直し作業のようなものは意外に厄介である。私は建築家にまかせず、住み手が、まず己れの住居に対する欲求を自己解体しろと言いたいのであるが、個人的努力で片づくようなことでもなさそうだ。しかし、少なくとも意識のうえで、自分の家に対して（所有していても、将来所有しようとしていても）「周縁文化状況」なるものをつくり出したらどうか。自ら自分の家の「トリックスター」になったら如何ん。

今どき住み心地の良い家などというものは、他人の住み心地の悪さの代償なくしてありえぬということの認識は、倫理的な判断としてあるのではなく、それすなわち住み心地悪くなければならぬ。

住み心地を悪くさせているものの総体を憎み、その構造を冷静に分析し、その変改を迫る運動はもとより必要だろう。しかしそのまえに、つまり論理的にそのまえに住み心地の悪い所に住むのを止めたらどうだろう。住み心地の悪い所から住み心地の良い所に移り住もうと思うことは、現地点で空間的に行うことはむろん他圧的なことだが、時間的に未来に期待しても、その居心地の良さの中身が「全人民解放的」であるかが問題で、空間を時間に変えただけなら、悪しき小型の千年王国思想に過ぎない。

だから私は「住む」ことを止めよと言っているのである。家の中を歩けば良いのだ。立ち話もよい。立喰いも良い。立小便だって良い。立ったまま愛を交すのも良い。むろん立ってれば良いというのではないが、立っていたってこれだけのことはできる。しゃがんで日だまりで居ねむりもできる。「住居に都市を埋蔵する」という良い言葉があるようだが、都市と宇宙とが反響し合い、天上音楽と地上の音楽との交響が家の中で鳴り響く感じで素晴らしいが、自己充足的で、欲望＝満足のサイクルの誇大妄想と見分けがつきにくい。

だから、それを言うなら、家を街路化せよと言いたい。つまり絶えず自分の家に対する要求を相対化する場に家自体をしてしまうのである。仮の宿ではない。故郷に地付きの家なんかないのだから。

昔、世界こそが書物だと考えられた時代があった。逆にその時は具体的な書物が収集され、読まれた。世界を読むために。その次に一冊の本をこそ宇宙としたいという願いが現れた。たとえばマラルメが。しかし、今は宇宙は読むことができず、書物は宇宙ではなくなった。つまり書物はなくなって、新聞だけになった。その新聞の切り抜きを、主体的な要求にしたがって編集をして形を与えても、宇宙は姿を現わしはむろんしない。この時、編集行為はむしろ主体の意味を抜く作業でなければならないのではないか。意味と意味とを相殺させるという方法もあろう。意味は宇宙への問いかけの手段にならない。

建築家と住み手がもし手を結ぶことができるとしたら、われわれの家に対する要求のなかにある擬似シンボルでいとも簡単にすくってもらえるものを、ことごとくえぐり出し、対象化させることではなかろうか。つまり脱象徴化運動。合理的な、正直な、真面目な要求のなかに潜む似而非シンボル、擬似神話をあばき出す。土地の国有化などということは言わない。しかし、住居のための土地債務者たちが一勢に蜂起して銀行ローン支払拒否の大ストライキを起こすという夢想以外に、私の家の街路を明るくしてくれるものは何もないのである。

ともあれ、この建築家との共同戦線はしたがって建築外的なところでもっとも激しく「現実の都市」と相わたることになるだろう。そして同時に、この居心地の悪い住宅、世界をそのままで何らの現実的変改を施さずに居心地よく暮らすということこそ重要な戦略ではなかろうか。街路の遊びは住宅の満足を拒否する。いや、まやかしの居心地の良さの否定はむろん禁欲主義によってではなく、家の中の別な喜びによってでなければ遂行されない。お祭りはいや。元へ戻るためだけのものだから。家の中で街頭芸人としての振舞う芸を身につけることが、先決かなとも思うのである。

雛罌粟《ひなげし》と小麦

1

イタリアの中部をバス旅行した時、それは五月のことだったが、窓外に広がる麦畑に点々と、しかしかなり本数の赤いヒナゲシの花を見かけた。麦畑のあるところ必ずヒナゲシがある。どこかで見たことのある景色だと思っていたら、ゴッホの「ヒナゲシ畑」という絵だったと思い出した。緑の野の全面に赤い点々と散らしたような絵柄であった。またゴッホには「若い農婦の像」という作品があり、小麦畑に坐っている若い農婦の背後に、小麦にまじって赤いヒナゲシが見える。

それだけではない。ルーヴルにあるマルタン・ノブレーの「セレス（ケレース）」では、小麦を刈る女の頭と腰に、小麦とヒナゲシがまきついている。ケレースとはローマ神話の大地豊饒の女神でギリシア神話のデーメーテルにあたる。ヨーロッパでは麦畑に昔からヒナゲシが沢山咲いたらしい。手入れの必要な雑草などほとんどない畑地なのにヒナゲシだけは入り込んでいた。だから、麦がよく実るにはこの花が必要だという観念が生じ、ケレース像を視覚化する場合、麦の穂とヒナゲシとを編んだ花ひもで冠をつくり、それを飾ったのである。

ところがイギリスではこの風景はみられない。その植民地であるオーストラリアやカナダの麦畑の上に揺れているとしても、イギリス農民（イギリスに限らぬかもしれぬが）にとってヒナゲシは必要どころか、不作のしるしと考えられたという。ヒナゲシが生えるとすぐに地味が枯れてしまうからというのである。

しかし、農民は本当にそう思って排除したのであろうか。おそらくそうではあるまい。豊穣を約束もしなければ、不作の象徴でもなかった。邪魔ものであるがゆえに、邪魔ものとももども豊穣を期待する心持ちなのである。我々に失われた人間と自然の奥深い関係についての直観がヒナゲシと小麦の冠には宿っているのではないか。

2

いわゆる団地、集合住宅の画一的なコンクリート空間、せせこましく、その上、肌になじまぬ材質にとりかこまれた生活環境に対する呪詛は久しい。しかし、それとても都市郊外の新興住宅地、いや郊外に行かなくても、旧い住宅地でもミニ開発なるものをされた土地などに、密集して建てられている建売り住宅群の荒涼たる風景に較べれば、まだしもと私は感じている。文字通り猫の額ほどの土地（しかしとてつもなく高額な）にぎりぎり建てられていて、できる限り収容力を多くする間取りになっているというようなところから、直接にその荒涼たる感じはくるのではない。

それらの家々の前面のなにやら不思議な陰影を与えるつもりが、ただの汚れとしか見えぬ壁面仕上げ、何ともいえぬ色合いの瓦（それも意味のないところにとりついている）、浮彫りを仰山にほどこした玄関の扉、グテグテ面白くもない曲線をなしている鉄細工の垣などなど、要するに「装飾」が、それらの家々の一戸建てであることをかろうじて主張している。そしてその主張がしみじみと寂しく、集まれば悲惨の印象となる。

しかも、その「装飾」の部品の一つ一つはかなり高級な工業製品ではある。それらのアト・ランダムな組合せの違いが個性ということだろう。もう少し大手の業者だと、イギリス・ヴィクトリア朝式だとか、アメリカン・コロニヤルだとか、南欧地中海スタイルだとか、建築「様式」そのものが、「装飾」にとって代る。ここでも若干のスタイルの選択可能性が、そのイメージの商品化、標準化、均質化という特徴を逆に強めているわけだ。

住み手が住むということの中身の充実よりも、マス・ミドル特有の上昇志向のみを実質とする「文化」を出来合いの形で享受しているのが、われわれの住生活の実際である。

このことは現代日本の「文化」すべてにあてはまることであり、嘆いてばかりもいられない。

3

私は人並にといってよいだろうか、お正月が好きである。好きな理由の一つに、それも大きな一つに、朝から酒が飲めるということであるらしい。部屋の奥まで深々と差し込む朝日の光を半身に浴びながら盃を持つと、その光の芯にあるやわらかい静けさが、じわじわと喜びのようなものになって胸に拡がる。

考えてみると、たまに友人連と試みる小旅行も、前夜の大酒の旺《さか》んな興趣もさることながら、朝の浅酌（にとどまらぬこともむろんあるが）の魅力が、やはりその誘因の一つであるなと思う。

ふだんの日、朝飯がわりにビールをやることもたまにはあるが、当然のことながらうまいとは感じても、しみじみとした愉しさにひたるというわけにはいかない。

朝酒という言葉自体に、そもそも不謹慎をとがめるような響きがあり、禁忌を犯すということが逆にその味を深めることになっているのだろう。

昼酒はどうか。やはり同じ響きがあるのだ。人と仕事でいっしょに昼食をとり、ビールなりワインなり飲もうとすると、「いや、まだ仕事がありますから」と断わられる場合が多い。むろん仕事の能力が落ちるというより、真昼間から赤い顔をして酒臭い息を吐いたりしては世間が許してくれぬということである。

だが、イギリスの新聞記者がロンドンはフリート街のパブで、またパリの学生がカルチエ・ラタンの食堂で、それぞれ昼食をとる時、グラス一杯のビールが、一罎のワインがそえられないなどということがあるだろうか。たとえば夏のフィレンツェで簡単にスパゲッティだけで昼をすますにしても、赤ワインと冷たいミネラル・ウォーターを半々に割ったものを飲まずにいるということは、まずない。

われわれの世界での朝酒のたのしみと昼酒の自己禁止とは同じメダルの両面でもあろうが、後者にはもっと深い心理的社会的背景がありそうだ。

解説　小野二郎の批評的モリス紀行

本書は、英文学者の小野二郎（一九二九―八二年）が遺した著作のうち、ウィリアム・モリスを扱った代表的なエッセイを中心として組んだ。収録した十七編のうち、一九七二年に発表された「物質に孕まれた夢」を除いて、あとはすべて一九七五年から没する一九八二年までの七年間に書かれた。わざわざこのことを記すのは、小野は一九七三年の七月から翌七四年六月まで、ロンドンを拠点としてモリスとその周辺の装飾芸術運動について実地調査を行っているからである。本書の論考のほとんどはその調査の成果として帰国後に書かれたものであり、多くは「批評的モリス紀行」と称してもよい性格を有する。

その研究調査についてまず見ておこう。一九七九年にまとめた単著『装飾芸術――ウィリアム・モリスとその周辺』（青土社）のあとがきで小野はこう記している。

一九七三年初夏、私はウィリアム・モリスのついての小さな本（『ウィリアム・モリス――ラジカル・デザインの思想』）を書き上げ、即日といいたいぐらい、すぐさま、イギリスの地に飛んだ。それまでかなりの年月、モリスは私の念頭から去らず、その仕事についての勉強も、少しずつはしてきたつもりだったが、実際のところ、例のケルムスコット版『チョーサー作品集』他の書物を除けば、その装飾芸術の実物に接することができなかった。できないままに、モリスのデザインについても書かざるを得なかったということが、私の欲求不満を限度にまで嵩じさせていたのだろう。

だから、ヴィクトリア・アンド・アルバート博物館のプリント・ルームで、その壁紙デザインの全見本を手に取って、つぶさに見ることができたとき、それらの思いがけない質の高さは、私を感動させたというより、すっかり陽気にさせてしまったことを忘れることができない。そのことは、チンツについても、予想しなかったことだが、ステンド・グラスについてもそうであった。

見たかったものは、モリスのデザイン作品だけではない。モリスの見たものも見たかった。それは幼少時に遊んだエピング・フォレストの木々、学生時代に訪れたオックスフォード近辺の村々の小さい古寺、北フランスのアミアン、ボーヴェ、ランス等々のゴシックのカテドラル、ボドリヤン・ライブラリの彩飾写本などから始まってきりがないであろう。

あるいは、こういうものを見たからといって、どうということもないかも知れない。少年モリスの体験を共感的に再現するということは、できもしなければ、する気もない。しかし、モリスが、何を好み、何を嫌ったかということには、いや、何を好み、何を嫌うという態度を、どのようにして決めていったかという筋道には、非常に興味がある。その筋道がモリスの思想というべきものの中身であろうから。

このとき四十三歳。一九八二年春に五十二歳で急逝する小野にとってこれが最初で最後の海外留学だった。右の引用は今日の（特に若い）読者からするといささか大げさな記述に思われるかもしれないが、欧州へのアクセスがいまほど容易ではない時代であったということを斟酌しなければならない。モリスのデザイン作品の実物も、確かにいまとは比べようもなく、日本で出会うことは困難だった。当時小野は明治大学文学部教授と晶文社取締役の二足の草鞋を履いていたのだったが、一年間の在外研究の機会を得て学務と出版業務（また所属する新日本文学会での活動）をしばし免れ、かねてからの念願だったモリスの実地調査に取りかかれることになった。一九七三年七月十三日の出発の日、羽田空港には親族、友人、同僚たちが多く見送りに来たという。豪放磊落（繊細な面も多分に併せ持ちつつ）で人好きのする人物であったということがあるにせよ、四十年後のいまではそのような光景はほとんど見られないことだろう。

ロンドンに着き、一足先に落ち着いていた家族に合流し、ロンドン北西部のフィンチリー・ロード五〇四番地（地下鉄ゴールダーズ・グリーン駅近く）に住んだ。ロンドンでは右の文にあるようにヴィクトリア・アンド・アルバート博物館を研究の本拠地とした。一九七七年に書いたエッセイ「モリス商会の壁紙」のなかで小野はモリス・デザインの現物にふれたときの感銘を以下のように記している。

ここのプリント・ルームとは、一個独立した閉じた部屋で、ドアを開ければ守衛さんがデスクの前に一人デンと坐っていて、大きなノートに調査日時を書き込み署名をして入室をゆるされる。ここには展示があるわけではなく、せいぜい十四畳くらいの部屋に大きな頑丈なテーブルが二つ三つ、どしっと置いてある。カード・ボックスがあって、デューラーから浮世絵にいたるさまざまな版画、建築設計図の複製などを検索でき、申込票に書き込んで室の側面の受付に出せば、椅子に坐ったままのところに配達される。私が申込んだのはウィリアム・モリスのデザインによる壁紙のモリス商会の見本一式である。やがて運搬車（！）で運ばれてきたのは、縦八〇センチ、横六〇センチ、厚さ一〇センチ程の古びた衣装箱の如きものである。中には五十種ほどのパタンの色変りをふくめて百五十枚くらいか、壁紙見本がびっしり入っている。一枚一枚めくって見ているうちに心中にある種の感慨が湧き起こってきたのは、書物の挿絵だけで勉強してきたそれまでを思えば当然だが、そのうちそんな感傷めいた気持ちとはまったく関係なく、何か酩酊に似た気分に襲われた。

モリスの作品群は、図版で見た限りは「いささかゴテゴテし、色合いもくどいような感じがしないでもなかった」。ところが実物を手に取って見ると、「ウッド・ブロックの手押しの何十回という重ね刷りの重厚そうなものが実に軽い。都会風に洗練された雅な軽さではない。生命そのものの飛翔感とでもいうべき軽さである」という。小野はこれに酔ったのだった。

さらに彼は、ヴィクトリア・アンド・アルバート博物館通いのなかで、以前にそこの普及部長を務めていて早逝したピーター・フラッドによるモリスのパターン・デザインに関する実証的研究を見出す。フラッドは、壁紙とチンツというふたつの分野においてモリス作品とされるものすべてについて、「製作年代の決定 dating と製作者帰属の決定 attribution という基礎的学問的研究の鍬を入れ、モリスの芸術を考える上での実証的基盤をつくるという画期的業績」（小野「ウィリアム・モリスのパタン・デザイン」一九七四年）をあげた。その基礎研究をモリス・デザインの現物を前にして追体験でき、モリス研究の一方の足を地につかせることができたという点で、その先行研究に出会ったことは大きかった。また、大英博物館（図書館を含む）での調査のほか、ロンドン大学エクストラミュラル・スタディーズという名称の大学公開講座のうち「ヴィクトリア朝デザインの諸相」と「アール・ヌーヴォーに向かって」というふたつの講座を悦子夫人とともに受講している。

ロンドン以外の調査では、おもな旅行先は以下のとおりであった。一九七三年七月末、レッド・ハウスへの最初の訪問（都合三度訪れている）。このころ、コッツウォルド地方のケルムスコット・マナーへの最初の訪問（二度目は翌年の初夏）。九月、ワイト島へ。十月、チェスター、リヴァプールへ。十二月、ドーヴァー、カンタベリーへ。翌一九七四年一月中旬、スコットランドへ、C・R・マッキントッシュの調査のためグラスゴウに行き、グラスゴウ美術学校などを見学。またエディンバラへも。一月末から二月上旬にかけて北フランスに渡り、シャルトル、アミアン、ボーヴェ等のゴシック建築を見る。五月、アイルランドへ、ダブリンやW・B・イェイツの故郷スライゴーを訪問。五月中旬、ストラトフォード・アポン・エイヴォンへ。五月下旬より六月上旬にかけ大陸旅行。イタリアのリミニを拠点にして、ローマ、ウィーン、ミュンヘン、フィレンツェ、ヴェネツィアを見て回った。これらのうちアイルランド旅行がひとり旅だったのを唯一の例外として、悦子夫人がつねに同伴していた。

この在外研究によって、小野のライフワークとしてのモリス研究は新しい次元に入った。それを説明したいが、そのためにその前段階にふれておかなければならない。

初期のモリス勉強

イギリス出発の直前に書き上げたという『ウィリアム・モリス——ラジカル・デザインの思想』（中公新書、一九七三年。中公文庫、一九九二年）の冒頭に、小野がモリスの芸術思想の革新性を認識するようになったいきさつが語られている。おそらくそれは一九五八年の春、東京都内の出版社、弘文堂に就職して間もないころの話であろう（弘文堂時代の二年足らずの期間に彼が企画した書物群は出版界の伝説となっているが、紙数の都合でその話は割愛せざるをえない）。「新米編集者」である小野（当時二十九歳）は、編集実務入門書のなかに「ウィリアム・モリスの法則」なるものを見出して強い衝撃を受ける。その法則とは、彼の説明によれば、「本の一ページの紙面のうちで、印刷面の刷り位置をどうすべきか」ということに関わる。「印刷面（ふつう版面《はんづら》と言い習わしてているが）とは、活字の組体裁で決まる面であって、つまり字間・一行の字数（すなわち行長）・行間・行数などで構成されるわけだが、それを紙面全体のうちにおく時、天・地・内側（のど）・外側（小口《こぐち》）に余白（マージン）を当然とる。そのマージンを、内側でもっとも狭くし、天はそれよりやや広く、外側はさらに広くし、地はもっと広くしなければならないというのがモリスの法則といわれるものである。〔和書の〕奇数頁でいえば、余白が、右・上・左・下の順序で次第に広くなるように版面の位置を決めることになる」

これの出所はモリス晩年のエッセイ「印刷」（一八九三年）および「ケルムスコット・プレス設立趣意書」（一八九六年）で、私家版印刷工房ケルムスコット・プレスでの自身の「活字の冒険《タイポグラフィ》」の原理のひとつとして主張されているものである。それが商業印刷の方面で「法則」として編集実務入門書に採り入れられているということに、モリスの影響の大きさがうかがえる。それはともかく、この一見たんなる実務的な処方箋にしかすぎぬようにみえる「モリスの法則」が、小野にとって、どのように衝撃的であったのか。これに彼が驚いたことは、モリスの芸術思想の核心に迫る正しい直覚だった。小野の説明によればこうである。

編集の仕事の中で、原稿の割付けなるものは、単調、退屈で、「創造性」を発揮するところ非常に少く、そうかといって、校正のような技術上の正確さと職人的錬度をそれほど要求されるものではない。モリスの主張はその単調な仕事の中にあっても、なおざりにされやすい「版面の位置決定」ということに目をつけているという点で新鮮でもあったのだが、何よりも、もっとも単調単純とみられる作業の部分に、いわば「芸術の原理」をぶつけているということが強い印象だったのである。単調な仕事は一種の必要悪としてなるべく簡便に片づけて、他のより「創造性」を発揮しやすい面、企画なりなんなりに、多く意を用いるということは、編集者の心事としては当然のことであろうが、モリスのいわば技術上の指摘はそこを痛烈に批評しているように思われたのである。〔中略〕もっとも単純単調な労働（といっても、当面それは本づくり作業の一部としてのことだが）に、いわば「芸術の原理」をぶつけるということは、もっとも質としてとらえにくい、つまり、もっとも自分にとって価値としにくい労働を、あくまでも質化しようという努力だといえるだろう。しかし、このことは、どんなつらい労働にも意味を見出し、楽しい生き甲斐のあるものにする手立てをいうのではない。むしろ逆に、浅いところで「労働の疎外」を言い立てるのではなくして、自己の労働の矛盾を最深部で激発する仕掛けを内に蔵することである。おのれの労働が本当に意味を失うところまで対象化しつづけるための発条として、この「質化」の作業は意味がある。この転形期における芸術のもっとも重要な役割はここにあるのではないか。

（傍点原文）

十九世紀後半のイギリスに生きたモリスは、この「自己の労働の矛盾を最深部で激発する仕掛け」を自身の多岐にわたる活動の根本原理として持続的に働かせることによって、産業資本主義下の労働の様態を対象化し、支配的文化を根底的に批判しうる目をもつことができたと小野は見る。「発生機のユートピア」という小野独特のタームもこの仕掛けに関わるものなのであろう。そうした批評精神を小野は編集実務書の「モリスの法則」の記載から感得したわけである。

とりわけこれは現代の私たちにとって有用な仕掛けだという読みが彼には確かにあった。個人の欲望の底の底まで一色に染め上げる文化支配のわなを意識化するためには、それは私たちが日常生活の端々でつねに実践すべき精神活動である。そしてこの精神活動を集団的に成立させる試みが、小野がモリスから学んだ「芸術運動」なのだった。最初の評論集『ユートピアの原理』（晶文社、一九六九年）所収の論考をはじめとして、一九六〇年代初頭から七〇年代初頭の十年間にわたって小野が書いた評論は、主としてこうした芸術運動の原理的問題をめぐる考察である。その際小野は、いちはやく十九世紀にこの問題に取り組んだ先人モリスを手本とする。この初期段階で彼がとくに依拠したのは、『ユートピアだより』（一八九〇年）に加えて、「芸術・ゆたかさ・富」（一八八三年）や「有用な労働対無用な労苦」（一八八四年）などの、社会主義運動を精力的に担ったモリス後期の一連のエッセイおよび講演だった。

小野がモリスに注目するようになった時期は、イギリスでもモリス再評価の動きがめだってきた時期だった。その再評価は、主として社会主義思想史とデザイン＝装飾芸術史の両面でなされた。そのなかで特筆すべきは、前者に力点を置いて書かれたE・P・トムスンの評伝『ウィリアム・モリス――ロマン派から革命派へ』（一九五五年）である。このオリジナルな歴史家・運動家の最初の単著であるこの本は、小野の注記によると、「革命的社会主義者たることを実証した画期的な書物。しかし、単にマルクス主義者であることを論証したのではなく、労働者階級の主体的な階級意識の形成の問題への思想的実践的努力の先駆者として評価している」（前掲『ウィリアム・モリス』参考文献）ものであり、それは小野の問題意識と深く響きあう著作であった。とくにモリスの批評エッセイ、講演の読み直しに大いに学びつつ、高度経済成長下の日本での産業構造とそこでの労働の様態の批判という文脈のなかで小野はモリスの批評を今日的な問題として取り上げる。たとえば講演「有用な労働対無用な労苦」のなかの、「［ヴィクトリア朝イギリスの］労働者階級の労働の大部分が、一方では支配階級用の愚劣きわまる贅沢、奢侈の生産を強制され、他方、自分たち用の粗末な食物、ぼろ服、未開人の穴居生活同様の住宅のみならず、より悲惨なこととして支配階級の贅沢品の贋物と擬い物をまさに自己用としてつくらされている状況」をモリスが分析したくだりを引いて、小野は「欲望の型、流行といった「文化」価値があらゆる「物」の生産に内在的にかかわってきたということの認識はまさに資本の論理のトータルな批判を志向するし、それは文化批判の形を当然とる」と指摘し、モリスの論を次のように敷衍する。

「しかし、重要なのはこれが実は資本主義的商品生産に本来内在している構造だということである。

モリスの指摘する支配階級の消費する愚劣きわまる贅沢品はそれ自体支配の道具である。それがステイタス・シンボルであるといった社会的通路で支配を強化するというのではない。それは被支配階級がその贅沢品の擬い物、贋物を消費させられることがそうであるのと同様、資本主義的商品生産それ自体による必要なのである。絶えざる需要創造を必要とする資本は植民地建設をしようがしまいが、必ず内的植民地をつくるのである。つまり、支配階級、被支配階級問わず、その「必要」を上廻る、「必要」の限界をはるかに超過する需要をつくり出さなければならない。そのためには贅沢品及びその贋物というものが質量ともにほとんど無限の可能性をもつ世界なのである。資本主義の文化というものは本質的に擬い物たる宿命をもつということになる」(「労働の異化」一九七〇年)

モリス研究の綜合

このように現代社会における「擬い物」文化を芸術創造の観点から批判する方途をモリスの芸術批評を主たるテクストにして模索することが小野の初期段階の「モリス勉強」だったといえるが、一九七三年から七四年にかけての前述の実地調査において、モリス再評価の別の局面、すなわちデザイン・装飾芸術史上のモリスの位置の問題にもうひとつの力点を定めたことで、彼の「モリス勉強」は新たな段階に入った。

二十世紀前半に建築・デザインの近代運動が推し進めた、装飾を全否定する機能主義的建築観に批判の目が向けられるようになったのに伴い、ラスキン、モリス、また彼らを源流とするアーツ・アンド・クラフツ運動、またアール・ヌーヴォーなどに新たな光が当てられ、装飾概念自体の再考が図られた。小野は、この方面でのモリス再評価の動向を押さえたうえで、モリスがヴィクトリア朝の「擬い物」文化に対抗していかなる芸術創造を実践したか、装飾芸術上の実作品に当たって、それを具体的に見ていった。図式的に言ってしまうと、小野は、トムスンが見たモリスの政治思想上の発展過程（「ロマン派から革命派へ」）がモリスの装飾芸術作品の発展の道筋と照応することを、（ピーター・フラッドに依拠しつつ）作品の細部に踏み入ることによって実証することをもくろんだ。モリスの思想は、作品と分離したどこか中空に漂っているものではなく、彼が共同制作のかたちでつくりだした壁紙や織物、ステンドグラス、印刷本といった個々の作品に物質化されていること、それらテクストの表面・肌理に文字どおり織り込まれているにちがいないこと、そしてそれがモリスを考えるうえでの根本であることが、この時期以後、小野が片時も手放さなかった原則である。

私の推測するところでは、これは学生時代に比較文学者の島田謹二（本書に収録した「物質に孕まれた夢」の冒頭に出てくる、露伴の『文明の庫《くら》』を教示してもらった「師」とはこの人に他ならない）から叩き込まれた「文学テクストの説明（explication de texte）」の方法の小野流の「唯物論的」な変奏であったと思われる。彼が訳したニコラウス・ペヴズナー著『モダン・デザインの源泉』（美術出版社、一九七六年）の訳者あとがきで、ペヴズナーの学風について、「「精神史としての芸術史」の方法が壮大な概念構築や周辺学問の助けをかりた精緻な理論操作を伴わず、静かに内部に肉化して、いわば経験主義的実証をふまえて、時代の要求と理念と様式の弁証を制作物の生き生きした観察に即して記述するというやり方で、「社会史（社会的想像力の発達史）としての芸術史」とでもいうべきものを実践していると思う」と説明しているが、後期の小野の書法は明らかにこの行き方をめざしている。

あるいは、小野がもうひとりの建築史家ジョン・サマーソンの文体について語った「内側が激しく廻転する記憶の放射線を表面には控え目にあらわし、逆にゆっくりと大きく旋回する思考を機敏に表面を擦過させるが如き、まことに英国的な語法」(『古典主義建築の系譜』書評)から学んだともいえる。そうした語法をもって、モリス・デザインというテクストから読み取れる「社会主義の感覚的基礎」を表面上は穏やかに、しかしきわめてラディカルに語った「自然への冠」を筆頭とするエッセイ群は小野のモリス勉強の最高の到達点を示す。

小野の没後、この三十年間にモリス研究は諸分野でいっそうの発展を見た。二、三例を挙げるなら、デザインの方面では、ピーター・フラッドの基礎的研究をふまえつつ、部分的にはフラッドの所見を修正するかたちで(おなじヴィクトリア・アンド・アルバート博物館の)リンダ・パリーがモリス商会のテキスタイル部門についてより精緻な研究成果を世に出した。ケルムスコット・プレスについては米国のウィリアム・S・ピータースンが決定版といえる資料や研究書を出した。文学研究においてもアマンダ・ホジソンの『ウィリアム・モリスのロマンス』など重要な仕事がある。また地球環境の悪化への懸念にともなってエコロジー・保全思想の源流としてのモリスに注目した論考も近年出ている。そうした過去三十年間のモリス研究の発展を見て、小野が一九八二年に急逝せず、生き存えていたら、彼のモリス勉強の次の段階がどのようになっていたか(タイポグラフィ論をまとめていたか、未開拓の散文ロマンスの研究に進んだか、あるいはラスキン研究を併行させつつ「発生機」のユートピア論をさらに展開したか)想像してみたくもなる。

右に述べたような新しい研究を通して読み直したとき、三十年以上前の小野のモリス論のなかには細部で再考あるいは修正すべき部分も若干あるということは否めない。たとえば「レッド・ハウス」異聞」で小野は、富本憲吉が二十世紀初めにレッド・ハウスを訪れたことを疑っていないが（そもそも当時それを疑う人はほとんど皆無だったろう）、デザイン史家の中山修一は、富本の「ウィリアム・モリスの話」（一九一一年）でのレッド・ハウスの記述は種本に拠っており、富本がその家を訪ねた証拠にはならない（むしろ訪れなかった可能性が高い）ことを最近明らかにしている。

そうした箇所もあるが、それでも、すでに述べたとおり、社会主義者モリスと装飾デザイナー・モリスを綜合的にとらえる先駆的な試みとして、小野二郎のやりとげた仕事はたいへん貴重であり、高度な学問的水準を維持しつつ、そこにアクチュアルな批評精神をみなぎらせている一連の論考はいまなおその価値を失っていないと編者は判断する。「大人の本棚」の一冊としてこれを編んだゆえんである。

拙訳ラスキン『ゴシックの本質』に次いで、本書の上梓にあたりみすず書房編集部の遠藤敏之氏にお世話になった。記して感謝申し上げる。

二〇一二年一月二十一日

川端康雄

初出一覧

本書は『運動としてのユートピア』（晶文社、一九七三年）『装飾芸術——ウィリアム・モリスとその周辺』（青土社、一九七九年）『紅茶を受皿で——イギリス民衆文化覚書』（晶文社、一九八一年）『ベーコン・エッグの背景』（晶文社、一九八三年）の四著ほかに収録のエッセイを精選し、『小野二郎著作集』全三巻（晶文社、一九八六年）を底本とした（著作集の各巻タイトルは、1巻「ウィリアム・モリス研究」、2巻「書物の宇宙」、3巻「ユートピアの構想」）。各文の初出誌ならびに単行本は左記のとおりである。

なお収録文中「自然・風景・ピクチュアレスク」は、単行本・著作集では「コンスタブル」と題されているが、初出誌のタイトルに戻し、新たに副題「コンスタブルをめぐって」を添えている。

Ⅰ

自然への冠　「展望」一九七五年十月号（初出時の副題「ウィリアム・モリス紀行」）／『装飾芸術』（著作集1）

ウィリアム・モリスと世紀末　「自由時間」一九七五年十一月・十二月号（初出時タイトル「白熱せる魂と犯罪への共感——ワイルドと社会主義下の人間の魂」）／『装飾芸術』（著作集1）

Ⅱ

「レッド・ハウス」異聞　「牧神」一九七七年十二月号／『装飾芸術』（著作集1）

ミドルトン・チェイニイのモリス・ウィンドウ　「現代思想」一九七八年三月号・五月号（連載「余白と装飾」第二十二話・二十三話）／『装飾芸術』（著作集1）

ウィリアム・モリスの理想都市　「ｉｓ」第十二号（一九八一年）／単行本未収録（著作集1）

『世界のかなたの森』　ウィリアム・モリス『世界のかなたの森』（晶文社、一九七九年）解説（初出時タイトル「ウィリアム・モリスについて」）／『紅茶を受皿で』（著作集1）
ウィリアム・モリスと古代北欧文学　「ユリイカ」一九八〇年三月号／『紅茶を受皿で』（著作集1）
D・G・ロセッティとジェイン・モリスの往復書簡　「新版・世界の名著」52『ラスキン・モリス』（中央公論社、一九七九年）月報／『紅茶を受皿で』（著作集1）

Ⅲ
ウィーンのチャールズ・レニイ・マッキントッシュ　「現代思想」一九七六年十月号（「余白と装飾」第七話）／『装飾芸術』（著作集1）
グラスゴウ美術学校　「現代思想」一九七六年十一月号（「余白と装飾」第八話）／『装飾芸術』（著作集1）
イギリスのオークについて　「現代思想」一九七七年十一月号・十二月号（「余白と装飾」第二十話・二十一話）／『紅茶を受皿で』（著作集2）
ザ・ランドスケイプ・ガーデン　「カイエ」一九七九年九月号（初出時タイトル「『アルンハイムの地所』傍註 landscape garden について」）／『紅茶を受皿で』（著作集2）
自然・風景・ピクチュアレスク　「世界の巨匠」シリーズ47『コンスタブル』（美術出版社、一九七九年）付録／『紅茶を受皿で』（著作集2）

Ⅳ
物質に孕まれた夢　「望星」一九七二年八月号／『運動としてのユートピア』（著作集3）
物の故郷　「現代詩手帖」一九七六年三月号／単行本未収録（著作集3）
住み手の要求の自己解体をこそ　「建築文化」一九八一年八月号／『ベーコン・エッグの背景』（著作集2）
雛罌粟と小麦　「公明新聞」一九八二年一月十二日（初出時タイトル「朝酒と昼酒」）、二月二十六日（同「建売り文化」）、三月六日（同「雛罌粟と小麦」）／『ベーコン・エッグの背景』（著作集2）

著者略歴

(おの・じろう)

1929年，東京高円寺に生まれる．英文学者．1955年，東京大学教養学部教養学科イギリス分科卒業．1958年，東京大学大学院人文科学研究科比較文学比較文化修士課程修了後，弘文堂入社．1960年，中村勝哉とともに晶文社設立．1962年より新日本文学会会員．明治大学政治経済学部講師などを経て1971年より明治大学文学部教授．1982年没．著書『ユートピアの論理』(晶文社 1969)『運動としてのユートピア』(晶文社 1973)『ウィリアム・モリス——ラディカル・デザインの思想』(中公新書 1973／中公文庫 1992)『装飾芸術——ウィリアム・モリスとその周辺』(青土社 1979)『紅茶を受皿で——イギリス民衆文化覚書』(晶文社 1981)『ベーコン・エッグの背景』(晶文社 1983)『小野二郎著作集』(全3巻，晶文社 1986)，訳書マルクーゼ『解放論の試み』(筑摩書房 1974) ペヴスナー『モダン・デザインの源泉』(美術出版社 1976) モリス『世界のかなたの森』(晶文社 1979) ほか．

編者略歴

(かわばた・やすお)

1955年，横浜に生まれる．明治大学大学院文学研究科博士後期課程単位取得退学．日本女子大学文学部教授．イギリス文学，イギリス文化研究．著書『オーウェルのマザー・グース——歌の力，語りの力』(平凡社 1988)『「動物農場」ことば・政治・歌』(《理想の教室》みすず書房 2005)『ジョージ・ベストがいた——マンチェスター・ユナイテッドの伝説』(平凡社新書 2010)，訳書モリス『理想の書物』(晶文社 1992／ちくま学芸文庫 2006)『ユートピアだより』(晶文社 2003) オーウェル『動物農場』(岩波文庫 2009) ラスキン『ゴシックの本質』(みすず書房 2011) ほか．

《大人の本棚》

小野二郎

ウィリアム・モリス通信

川端康雄編

2012 年 1 月 30 日　印刷
2012 年 2 月 10 日　発行

発行所 株式会社 みすず書房
〒113-0033 東京都文京区本郷 5 丁目 32-21
電話 03-3814-0131（営業） 03-3815-9181（編集）
http://www.msz.co.jp

本文組版 キャップス
本文印刷所 平文社
扉・表紙・カバー印刷所 栗田印刷
製本所 誠製本

Printed in Japan
ISBN 978-4-622-08097-8
［ウィリアムモリスつうしん］